六条院

―源氏物語を織り返す―

深沢 徹

冬
χειμερινός

夏
θερινός

秋
φθινοπωρινός

春
ἐαρινός

武蔵野書院

すはま屋　「すはま」
（CREA WEB　撮影・そおだよおこ）

源氏物語を織り返す
あるいは最悪定かならず
全五幕の偽《にせ》宮廷芝居

（ポール・クローデル『繻子《しゅす》の靴』になぞらえて）

目次

第二幕　「紫式部」という人

第五幕　「怨霊」の行方

前口上（プロローグ）――「住まい」をめぐる、きれぎれの断章――

源氏物語五十四帖のうち、その中ほどの「少女《おとめ》」の巻において、主人公光源氏は、平安京（ミヤコ）の中心に位置する「内裏」から見て東南の方角、六条の地に、賀茂川の河原に面して、広大な邸宅を確保する。その造営目的を説明して、「少女」の巻は次のように記す。

大殿《おほとの》（光源氏）、静かなる御住まひを、同じくは広く見どころありて、ここかしこにておぼつかなき（離ればなれで気がかりな）山里人《やまざとびと》（明石の御方とその娘）などをも集《つど》へ住ませんの御心にて、六条京極のわたりに、中宮（六条御息所の娘）の御旧《ふる》き宮のほとりを、四町《よまち》を占《し》めて造らせたまふ。

ミヤコでの光源氏の「住まい」としては、亡き母（桐壺の更衣）から伝領した、内裏にほど近い「二条院」が、すでにある。父桐壺帝から朱雀帝への代替わりにより、政治的に不利な立場に立たされて、須磨・明石への退去を強いられた際、もしものことを想定して、その「二条院」の所有権は、京のミヤコにとどまる紫上《むらさきのうえ》に譲渡される。

明石から無事帰還して後、光源氏は、かつて係わりを持った女たち、すなわち花散里《はなちるさと》や空蝉《うつせみ》、末摘花《すえつむはな》らを迎え入れるため、本邸「二条院」の東側に隣接して、新たに父桐壺院から伝領の「二条東院」を増改築する。葵上《あおいのうえ》の遺児で、光源氏にとっては長男にあたる夕霧《ゆうぎり》も、花散里を母親代わりにして、この「二条東院」に居室をあてがわれる。

そこへ新たに明石の地から、明石の御方の母娘が上京してきて、「二条院」や「二条東院」には、もうこれ以上受け入れの余地がない。「山里人」のように、ミヤコの郊外、嵯峨野の大堰《おおい》の地に、いまだとどまる明石の御方を迎え入れるべく、さらなる広いスペースを新たに確保することが、是非とも必要とされたのであった。

それにしても「四町を占めて」とは、後院《ごいん》（「朱雀院」や「冷泉院」などの、退位した上皇・院の仙洞御所）にも匹敵する、なんとも豪勢な規模ではあるまいか。新装なったその「六条院」へ、やがて女たちが引っ越して来る。その様子を、「少女」の巻はまた、次のように記す。

八月にぞ、六条院造りはてて渡りたまふ。未申《ひつじさる》（西南）の町は、中宮の御旧宮《ふるみや》なれば、やがて（そのままに）おはしますべし。辰巳《たつみ》（東南）は、殿（光源氏）のおはすべき町なり。丑寅《うしとら》（東北）は、東《ひむがし》の院（二条東院）に住みたまふ対の御方（花散里）、戌亥《いぬゐ》（西北）の町は、明石《あかし》の御方と思しおきて（割り当て）させたまへり。もとありける池山をも、便《びん》なき（不都合な）所なるをば崩しかへて、水のおもむき、山のおきてをあらためて、さまざまに、御方々の御願ひの心ばへを造らせたまへり。

春、夏、秋、冬の「四方四

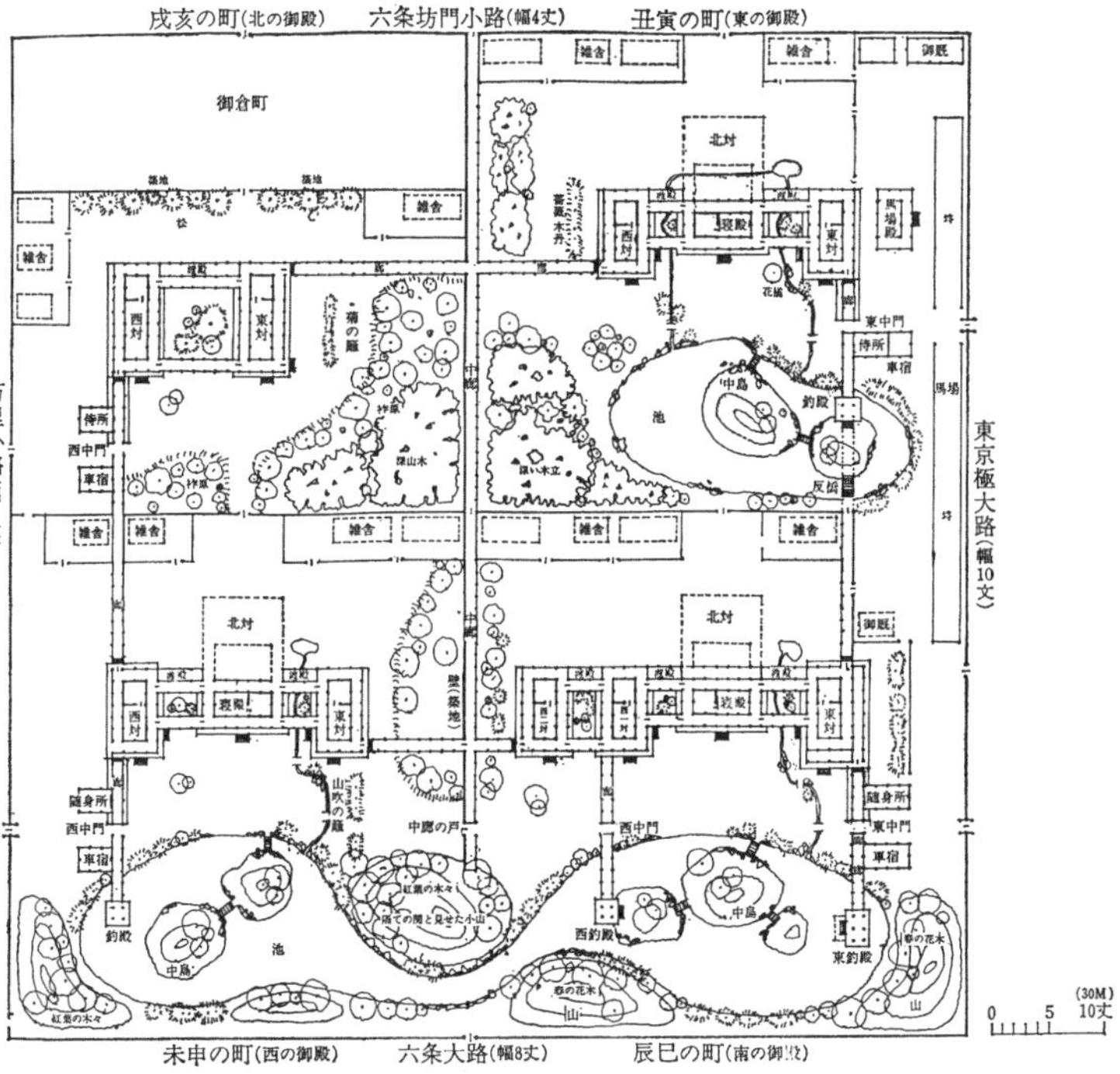

図１　六条院邸宅推定配置図

季」に配された、それぞれの町の造作について、さらに詳しい説明があり、そこへと引き移って来た女たちの、それぞれの様子についての記述が、以下にながながと続くのだが、明石の御方の「冬の町」が池を欠くことだけを指摘して（図1参照）、それ以外のことについては、いずれどこかで触れる機会もあるだろうから、ここでは省略することにする。

当時は、邸宅の呼称で、その家あるじを呼ぶことが一般的であった。かくして主人公の光源氏は、物語のなかで、「院」もしくは「六条院」と呼ばれるようになる。

場所の名でもあり、人物の呼称でもあるこの「六条院」が、五十四帖にもおよぶ源氏物語の長大な物語のストーリー展開のなかにあって、マラソンでいえば、ちょうど折り返し（＝織り返し）点に位置している。

前半の喜劇的な世界から、後半の悲劇的な世界へと、物語の色調が大きく変わる、まさしくその転換点に、この「六条院」の造営が位置しており、したがってその場所的特性が、以後の物語の展開において重要な役割を果たすことになる。

そうした経緯を、本書では以下に明らかにしていく。副題を、「源氏物語を織り返す」としたゆえんである。

悲劇VS.喜劇

ところで、いま不用意に、「悲劇的」とか「喜劇的」とかの言葉を使ってしまったのだが、「悲劇」と「喜劇」のこの対義語、実は従来の日本語にはない言葉であった。英語でいえばトラジディー（tragedy）と、コメディー（comedy）とに、それぞれ対応する翻訳語として、明治以後に考案され、一般に用いられるようになった、いわば外来語であり、新造語なのだ。

だがその訳語の選定は、「誤訳」とまではいわないまでも、今から思うと、いささか誤解を招く、不適切なものだったのではあるまいか。

「悲劇」と訳されたトラジディーと、「喜劇」と訳されたコメディーの、それぞれの語源をさかのぼれば、古代ギリシャ語のトラゴーディア（tragoidia ＝山羊の歌）と、コーモーディア（komoidia ＝行列の歌）に行き着く。なぜ悲劇はトラゴーディア（山羊の歌）なのか。

毎年秋に催された演劇祭の場において、優秀作に褒美として与えられたのが山羊だったからとも、葡萄酒の神ディオニュッソス（ローマではバッコスとその名を変える）の眷属《けんぞく》が山羊であり、ディオニュッソス自身も、実は山羊の姿で現われたともいわれていて、そのディオニュッソスを祀《まつ》ることから、アテネの演劇祭がはじまったことが、その命名の由来だとされている。

コーモーディア（行列の歌）については、巨大な作り物の張形（男根）を担いだ男たちが、行列しながら集団で歌い踊ったことに由来し、その流れであろうか、ギリシャ喜劇の世界では、俳優たちが、これ見よがしに張形（もちろん作り物である）を腰にぶらさげて登場し、下卑た言葉遣いで、下ネタのセリフをさかんに乱発した。

それに対しトラゴーディア（山羊の歌）では、すなわち「悲劇」ではということだが、俗人とはかけ離れた英雄たち（神々の末裔でありながら人間と同じように死をまぬがれないため「半神」ともいわれた）が登場し、たとえばアガメムノーンやカッサンドラー、オイディプースやアンティゴネーのように、神々から与えられた過酷な運命に翻弄されて、悩み苦しみつつ、最後にはその運命を甘んじて受け入れて死地へと向かう、それぞれの悲壮な姿が写し取られた。

アリストテレスの『詩学』によれば、「悲劇（トラゴーディア）」と「喜劇（コーモーディア）」の違いは、いまの私たちが考えるような、ハッピーエンドに終わるか、そうでないかのストーリー展開にはない。これについては、日本の謡曲における「能」と「狂言」の違いにあてはめると、わかりやすい。ホメロスやトゥキュディデスらによって語られた神話的、もしくは歴史的な英雄叙事詩を題材に、荘重な文体で語られるのが「悲劇《トラゴーディア》」であり、どこにでもいる俗人たちが登場し、低俗卑近な庶民的言葉遣いでセリフのやり取りするのが「喜劇《コーモーディア》」なのである。

「様式（文体）分化」から「様式（文体）混合」へ

ドイツの文献学者エーリッッヒ・アウエルバッハ（一八九二〜一九五七）は、その代表作『ミメーシス』の冒頭において、「悲劇《トラジディー》」と「喜劇《コメディー》」における、この〈題材〉と〈文体〉との組み合わせを大きく逸脱し、脱臼させるテキストとして『聖書』の文章を採りあげる。

ギリシャ悲劇の演目では、高尚な言葉遣いや文体が、気高く勇壮な英雄たちのふるまいとつがえられ、対するに喜劇では、卑俗な言葉遣いや文体が、低俗で愚劣な民衆のそれとつがえられ、それは、ゆるがせにできない、不文《ふぶん》の「約束事」として、明確な使い分けがされていた。古代ギリシャはそもそも、戦争における勝者だけが、市民としての自由を享受できる、過酷な奴隷制社会でもあった。

しかるに『聖書』では、必ずしもそうなっていない。どころか、古代ローマの圧政下に生きた、どこの馬の骨とも知れぬ、ときには奴隷労働をも強いられたであろう、名もなき民衆のふるまいを、ギリシャ語もしくはラテン語の高尚な文体を用いつつ、救世主キリストの受難劇として、悲劇的な色調のもとに描き出す。

　ギリシャ古典劇における、「悲劇《トラジディー》」と「喜劇《コメディー》」の明確な「様式（文体）分化」、すなわち様式の使い分けに対し、それを積極的に脱構築していく『聖書』の、こうした「様式（文体）混合」ともいうべき、文体と題材とのちぐはぐな取り合わせを、アウエルバッハは高く評価する。そして以後に展開する個々のテキストのうちに、この「様式（文体）分化」と「様式（文体）混合」との対立葛藤を見て、必ずしも戯曲作品に限られない、ギリシャ・ローマからの流れをくむ西洋の文章表現史を、丹念に跡付けていくのである。

　たとえばラシーヌ悲劇やモリエール喜劇に代表される、フランス古典主義演劇は、古代ギリシャ劇の伝統を受け継ぐ正統派として自らを位置づけ、「様式（文体）分化」を徹底して押し進めていく。それに対しバロック劇（たとえばシェークスピア劇がその代表）や、一八世紀以降始まるロマン主義の文学運動は、「様式（文体）混合」のちぐはぐな取り合わせを積極的に取り込んで、新たな表現の可能性を果敢に切り拓いていった。

語義矛盾としての「悲喜劇」

こうした動きには、古典ギリシャ語や古典ラテン語に対抗してあらわれた、ルネサンス以降の俗語＝地域語の地位向上（イタリア語圏やドイツ語圏、英語圏やフランス語圏などにおける、高度な「書き言葉」の確立）という背景がともなっていた。

ブルジョア市民層から、さらには労働者大衆レベルへの、そのすそ野の広がり（ギリシャ語やラテン語での読み書き能力の習得は容易でないが、自分たちが日常用いる俗語＝国語でならそれは可能だ）により、階級闘争と密接に連動した文体革命が、ブルジョアやプチ・ブルジョアジーのスノビズム（上昇志向）を題材としたスタンダールの『赤と黒』やフローベールの『ボヴァリー夫人』などのテキスト実践を通じて次々と生起し、「悲劇《トラジディー》」と「喜劇《コメディー》」とを明確に区分する従来の「約束事」は、次第に影をひそめていく。

どこにでもいる（どこの馬の骨とも知れぬ！）民衆（ただしそこにはまだ労働者階級＝プロレタリアートは現れてきていない）を主人公に、しかもその出身階層にふさわしく、卑近な言葉遣いや文体（＝俗語）をあえて用いながら、それでいて悲劇的な題材をあつかう、多分に折衷的な小説や戯曲が、こうして一八世紀末から一九世紀にかけ、陸続と現われてくる。言葉の本来の意味からすれば、語義矛盾としか言いようのない「悲／喜劇（tragicomedy）」という新たなジャンルが、こうして生みだされてくるのである。

チェーホフの戯曲『櫻の園』は、日本でもよく知られた人気の演目だが、モスクワ芸術座でそれが初演された際、芸術監督であったスタニスラフスキーの演出があまりに悲劇的なあつかいであったため、原作者であるチェーホフ自身がこれに異をとなえ、『櫻の園』は「喜劇《コメディー》」であり、百歩譲っても「悲喜劇《トラジコメディー》」なのだと述べたエピソードが、いまに伝えられている。「悲劇《トラジディー》」と「喜劇《コメディー》」のその本来の意味を踏まえるなら、『櫻の園』は「喜劇《コメディー》」だと述べたチェーホフの真意が、かろうじて理解可能となろう。

古代ギリシャ劇のヘレニズム的要素と、『聖書』のヘブライズム的要素との矛盾葛藤という西洋文化史の王道を、あたかも地で行くようなアウエルバッハの論法に触発されつつ、これをいま、日本の古代における、古典語としての「漢語」と、俗語としての「やまとことば」の対比に置き換えたならどうか。

源氏物語の主人公光源氏は、はたして物語の神話的伝統を引き継ぐ英雄（たとえばスサノオノミコトやヤマトタケルのような）なのかどうか、それはともかくとして、「漢詩文」の高尚な文体に対し、当時はいまだ低俗卑近な位置づけにあった「ひらがな」を用い、「男文字」

に対し、一等劣る「女文字」として、劣位に位置づけられたその文字遣いで源氏物語は書かれた。

もっとも西洋の俗語（＝国語）文学が、古典ギリシャ語や古典ラテン語の文化伝統を受け継ぎ、その基盤の上に成り立っていたように、漢詩文の世界で培われたさまざまな知見、中でも当時一大ブームとなっていた唐代の詩人白楽天《はくらくてん》や、それに影響された「先中書王《さきのちゅうしょおう》」兼明《かねあきら》親王や、「内記上人《ないきしょうにん》」慶滋保胤《よししげのやすたね》などに代表される、本朝の漢詩人たちの述作が、源氏物語の中では縦横に駆使されており、その文体の成立に、大きな影響を与えたことも確かなのである。

詳細については、以下の各幕のなかで、おいおい明らかにしていくこととなろうが、いずれにしろ、「ひらがな」による通俗的な文体で書かれていながら、悲劇的な要素をもたっぷりと含み込んだ源氏物語の文章の、十一世紀段階におけるちぐはぐな「様式（文体）混合」を、さらには語義矛盾ともいうべきその「悲喜劇《トラジコメディー》」的な世界の先取りを、もしかしてアウエルバッハが知ったなら、どんな評価を下したろうかと、そんな想像もしてみると、なんだかとっても楽しくなってくるのである。

主題としての「六条院」

源氏物語については、すでに数多くの概説書があり、本年（二〇二四年度）にはＮＨＫの大河ドラマ『光る君へ』が放映されたこともあって、復刊、新刊とりまぜて、関連する書籍類の出版が相次いだ。そうした流れに掉さしつつも、本書はいささか異色な位置づけにある。

読者が必要とする基礎的な前提知識、たとえばその時代背景としての平安時代の宮廷社会の特質や、そこでモデルとされた人物たちのあれこれ、また今とは違って招婿婚《しょうせいこん》の形態を採る男女の関係や、そこでの和歌文芸や物語文芸が果たした役割など、それこそ挙げればきりがないほどの、多岐にわたるさまざまなことがらに関しては、ほとんど説明がないからだ。

中世以降始まり、現在に至るまでの注釈の歴史と、その膨大な蓄積についても、ほとんど触れていない。「桐壺《きりつぼ》」に始まり「夢浮橋《ゆめのうきはし》」に終わる源氏物語五十四帖の巻々を、その順序に即して、時系列で扱うということもしていない。

その理由は、次の二点にある。まず一点目として、そうした基本的なことがらについては、すでにある程度の知識を持った読者（たとえば『あさきゆめみし』などのマンガ本を通して一通りのストーリーは知っているというような）を想定し、本書は書かれている。高校の「古文」の授業や、大学の教養課程で「文学」の講義を受け、そこで得た古典の知識が、ある程度あるのなら、それを元手に、源氏物語の世界へと、いま一歩深入りしたいと思う、そうした知的好奇心旺盛な読者を想定して、本書は書かれた。

加えて二点目は、これが肝心なのだが、源氏物語の世界はあまりに広大で、かつ奥深く、研究史を踏まえつつ、それらすべてのことがらに、万遍なく目配りするなら、どれも中途半端で底の浅い議論に終わってしまい、それこそ通りいっぺんの概説書や入門書の類にとどまらざるを得ない。

そうではなく、たとえ他の幾多の重要な問題を取り落とす結果になったとしても、あることがらに特化し、それに焦点化することで、かえってそこから、源氏物語の世界の総体を浮かび上がらせるような、そんなテーマの絞り込みを意図したからでもあった。

選び採られたそのテーマこそ、「住まい」の観点から、古代都市平安京をとらえたとき、その都市空間の広がりの中から浮かび上がってくる、「六条院」の特質なのである。

議論の「本位」を定めること

これについては福沢諭吉が、その代表的著作『文明論之概略《ぶんめいろんのがいりゃく》』において、「議論の本位《ほんゐ》を定むる事」として強調した、その論旨に負うところが大きい。

金本位制などの言い方からもわかるように、「本位」とは、物事の指標となり、規準となる座標軸のようなもので、特定のそうした基準点をあらかじめ定めておかなければ、いたずらに議論が拡散し、平行線のまま終わってしまう。なんのための議論なのか、その目的をあらかじめ明示し、意識化した上で、つまりは互いが同じ土俵の上に立つことによって、はじめて生産的な議論も可能となる。

『文明論之概略』が書かれた明治八年当時の日本には、様々な問題が山積していた。開国か攘夷かで、血で血を洗う抗争を繰り広げたのも、つい先ごろのこと。旧幕府勢力を函館五稜郭に追い落して、半年間にわたった戊辰《ぼしん》戦争は、かろうじて「官軍」の勝利に終わったものの、発足したばかりの新政府は、部内の路線対立（その典型が征韓論である）から容易に方向性が定まらず、財政的にも不安定で、各地で不平士族の反乱が頻発していた（その最大のものが、こののち明治十年に起こる西南戦争である）。

眼を海外に転ずれば、西洋列強による植民地争奪戦はますます熾烈を極め、少しの油断も許されない。

そうしたなか、いま第一に優先すべきは、なによりもまず、近代国家としての日本の「独立」を、いかに確保するかにあると福沢は説く。そのためには、西洋に倣って「文明」に就くのか、封建遺制の「半開」もしくは「野蛮」に還るのか、そのどちらを採るのかという選択の一点に、論点を絞り込むのである。

ならば本書でも、「議論の本位」を、あらかじめ定めておきたく思う。五十四帖にも及ぶ長大な源氏物語のテキストについて、これをまんべんなく、網羅的にあつかうのではなく、「住まい」としての「六条院」の、その空間的広がりが意味するところに「議論の本位」を定めること。そうすることで、ある一貫した論旨の道筋が見えてくるのではないか。

そうした見通しもと、本書では、以下に考察を進めていく。

「住まい」のトポス

ところで、「六条院」は場所の名前であると同時に、主人公光源氏に対する人物呼称でもあると、先には述べた。そこは、地理上のある特定の「空間」にとどまらない、人物呼称をも含めた、さまざまな意味合いの集積する、トポロジーでもあるのだ。

トポロジーとは位相幾何学の用語で、言葉で説明するのは、なかなかに難しいのだが、様々な形態を採りつつも、それを単純化していくと、すべて同一の祖型へとたどり着く、そこから派生した多様なバリエーションをも含み込んだ、総体的なまとまりをいう。語源は、先に見た「悲劇」や「喜劇」と同じくギリシャ語で、「場所」を意味するトポス（topos）からきており、したがって、その意味するところは、地理的もしくは物理的な「空間」に限定されない。

たとえば私たちが空間の広がりを意識する際、それを空間の外側から、つまりは外在的にとらえるか、それとも内在的に、すなわち空間の内側からとらえるかで、その意味合いが大きく違ってくる。空間の内側に身を置き、そこから空間をとらえかえしたとき、それはしばしば、暮しの場としての「住まい」のイメージとしてとらえられる。そして「六条院」もまた、「住まい」としてのその基本形を踏襲する。

「住まい」については、さらに二つのアプローチが考えられよう。一つは人の一生にかかわる、時系列的な（＝通時的な）とらえかたである。生まれてから死ぬまで、同じ場所を動くことなく、ひとつところに「住まい」する人が、かつては多数派であった。しかし最近では、多くの人が、その一生のうちで、さまざまに「住まい」を替える。地価の高い都市部において、その傾向は、とりわけいちじるしい。

親元から離れて都市部へと出てきた若者は、まずは単身者用の社宅や、賃貸アパート、ワンルームマンションなどに、その「住まい」を定めるであろう。やがてよき伴侶を得て、いま少し広いスペースが必要になる。子どもがひとり、さらには二人、三人と生まれれば、より一層広い間取りが求められ、それに転勤などの事情が加わればなおのこと、そのための引っ越しを、何度か繰り返すことになるかもしれない。

だが、いつまでも遊牧民《ノマド》的な暮しを続けるわけにもいかない。将来に向けた資産形成を考え、ある段階でその「住まい」を、賃貸（借家）から分譲（持ち家）へと移行させる人も出てくるだろう。人生の終わりの最終的な終着点としては、やはり「庭付き一戸建て」を郊外に手に入れて、これを「終《つい》の棲家《すみか》」とするのが一般的なところか。

もっとも最近では、なにかと手間のかかる「庭付き一戸建て」への志向は薄れつつあるようで、その代わりに買い物や通院に便利な駅近《えきちか》のマンションを手に入れ、暮らしのスリム化をはかる高齢者も、都市部では増えつつある。その場合、マンションの立地する周辺のユーティリティ（スーパーマーケットや病院、銀行など）や、もしかしてその街の町内会や自治会に加入するのであれば、その地域コミュニティが、その人たちにとっての「終の棲家」の役割をはたすことにもなるのであろう。

それと連動していま一つは、縄張り（テリトリー）のような領域的広がりとして、「住まい」を同心円状の入れ子で（＝共時的に）とらえる見方である。その最少単位は、魂《たましい》を宿す容れものとしての身体《からだ》であり、はては無限大の宇宙にまで広がっていく。デカルト的な身心二元論の立場からすれば、精神の居場所としての身体が、まずはあるだろう。その身体を横たえるための床（大地）と、雨露をしのぐための屋根（天空）とがある。生活の利便性を高めるためのユーティリティ空間（台所や風呂、トイレなど）がそれに付随し、さらには外敵の侵入から身を護るための、外壁を具えた屋敷構えが、その基本形としてある。

しかし「住まい」は、シェルターのように孤立した閉鎖空間としてあるのではない。出入り口を介して街路へとつながっており、すでに、つねに、外部の公的領域へと開かれている。「住まい」の私的領域と外界とを隔て、と同時に双方を繋ぎ合わせ、仲立ちする半公的な空間として、たとえば外来者を迎え入れる客間があり、廊下があり、縁側や玄関がある。その先にはさらに、庭や塀があり、外部へと通ずる露地や街路に繋がっている。

これら半公的な空間を、建築家の山本理顕は『権力の空間／空間の権力――個人と国家の

〈あいだ〉を設計せよ』（二〇一九）において「閾《いき》」の領域ととらえ、建築設計上の重要な構成要素に位置づける。昨今の住宅建設においてはプライベート志向が強く、そうした半公的スペースとしての「閾」の空間は、マンションなどの居住形態では極力排除される傾向にある。それに代わるものとして山本は、中庭を介して住人の交流をうながすシェアハウスの積極的な導入を提言する。また街路への車の侵入を防いで露地空間を再現していくような建築手法を、さまざまに模索する。

だが、それらはいまだ実験段階にとどまっており、現状では、街なかに数多く立地するカフェやレストラン、劇場やコンサートホール、さらには近場の公園などに、その機能がアウトソーシングされているとみるべきであろう。

いずれにしろ、そのようにして街路の先にはさらに街並みが広がり、その街並みの集積として都市がある。ならばその郊外地も含め、都市もまた、私たちにとっての大きな「住まい」と見なして差し支えない。横浜に住んでいますとか、大阪に住んでいますというような表現を、私たちはよくする。アメリカに、ドイツに、そして地球に住んでいますというように、その「住まい」の比喩は、とめどなく拡大し、はては陸と海とで覆われた地球環境全体、さらには宇宙大にまで広がる無限の空間すらも、「住まい」の延長として、これをとらえるようにもなる。

ドイツの哲学者ハイデッガーによれば、この世に生を享け、いまここに生きてあること自体、この現実の世界を仮の「住まい」として、たかだか百年足らずの、つかの間の時間、滞在を許されて（投げ入れられて）あることにほかならない。そしてその対極には、「死すべき者」としての私たちがやがて向かうであろう死後の世界（それを「天国」としてイメージするか、「極楽」としてイメージするか、「神仙世界」としてイメージするかは別として）が広がっている。

『建てる、住まう、考える』（一九五一）と題した講演の文章の中でハイデッガーは、「橋」の比喩を用いながら、「大地」と「天空」と「神的なもの」と「死すべき者」との四者の統合としての、この現実の世界を越え出て、「橋」を渡った向こう側に、超越的な聖なる世界の広がりが、もうひとつのあるべき理想の「住まい」（それは決して到来せず、到達しえぬものなのだが）としてあることを、哲学的な言葉で語っていく。

「論点」のトポス

くり返し言うが、トポロジーの意味するところは、地理的もしくは物理的な「空間」に限定されない。その類義語にトピック（topic）という語があって、「話題の中心に位置する」、その「主題」の在りかを指し示す。議論がそこへと集中し、絶えずそこへと立ちかえる中心的な「場所」として、主要な論点や論題の意味にも、その語は拡大して用いられる。

ここでまた、アリストテレスの名が出てくる。古代ギリシャ劇について論じた『詩学』では、詩（＝戯曲）を作る際に、やはり「場所」の比喩が用いられる。五部から七部で構成される戯曲作品の、能でいえば「序破急」に当たるような、プロロゴス（前口上）やスタシモン（合唱部）、さらにはエペソディオン（劇的場面）などの各パートを、どういった順序で位置づけていくべきかといった、その構成方法や定型表現のあり方が説明されている。

人びとの前で弁論を展開し、議論を押し進めていく際の、手順や約束事を説いた、そのものズバリ『トピカ』と題された文章（トポスの形容詞形がトピカである）においては、推論を展開する上での、大前提「すべての人間は死をまぬがれない」と、小前提「ソクラテスは人間である」から、結論「ゆえにソクラテスは死をまぬがれない」を導き出す三段論法を基本に、それに付随する修辞上のさまざまな手法や、その配列の仕方について、こと細かに分類整理がされている。

そういえば、まだ駆け出しの大学院生のころ、学術論文を書く際には「問題の所在」を明らかにする文章を、その冒頭に必ず置くよう、口を酸っぱくして指導されたものだ。これなど、「場所」の比喩を用いて、その議論の道筋をあらかじめ提示しておく、典型的な定型表現といえよう。

なんのことはない、いまこうして書いている、当のこの文章自体、これから始まる本書の導入として、その「問題の所在」を明らかにすべく、この「場所」に、こうして置かれている、という次第でもあるのだが。

隠喩表現の「白雪姫」や、換喩表現の「赤ずきんちゃん」だけでなく、言葉はすべからく、そのうちになんらかの具体的な事物やことがらを、比喩として用いることで成り立っている。私たちは「時間」の経過さえも、アナログ時計の文字盤を見て、空間的な「場所」のイメージで把握する。

ならば、「住まい」としての「六条院」の空間的広がりの向かう先に、超越的な聖なるトポス（たとえば異界としてイメージされるところの、あるいは神仙世界としてイメージされるところの、さらには怨霊としてイメージされるところの）へと通ずる源氏物語の「主題」の在りかを透かし見て、五十四帖にもおよぶその長大な物語の「時間」の旅へと、いよいよこれから、出立《しゅったつ》しようではないか。

第一幕

「終の棲家」を求めて

キーワード：セミラティス・社会関係資本・ポトラッチ

問題の所在——「老い」のテーマへ向けて

源氏物語第二部の開始を告げる「若菜《わかな》」の巻は上下に分かれ、源氏物語五十四帖のうちでも、異様に長い巻（他の巻にくらべ五倍から十倍）となっている。なにゆえ、かくも長いのか。「若菜」という、その巻名にも示されるように、「六条院」の四季の町を舞台として、長寿を祝う「算賀」の様子が、繰り返し、事細かに描き出されているからだ。

まず「少女」の巻で、「六条院」造営の様子が記され、そこを舞台に、紫上の父、式部《しきぶ》卿宮《きょうのみや》五十の賀の準備の様子が述べられる。ただし、実際の算賀の儀式は描かれない。ついで幾年かのとしつきをはさみつつ、「若菜上」では、光源氏四十の賀が、「六条院」

の四季の町それぞれで、くどいほどに繰り返し行われたことが語られ、「若菜下」では、今度は一転して、朱雀院五十の賀が幾度も延引され、なかなか行われなかった様子が、対比的に描かれる。ついてはその経緯を丹念にたどることで、算賀の行事がもつ、物語の中でのその主題《トピック》的意味を考えていきたい。

結論をあらかじめ先取りしておくなら、次のように要約されよう。従来の研究では、「若菜」上下の巻の算賀記事を、天皇や上皇（院）によって体現される世俗の「皇権」とは違い、むしろそれを凌駕し、超越するような聖性を担った、光源氏の「王権」と結びつけて論じられる傾向が強かった。嵯峨天皇以下の算賀の事例に準拠することで、光源氏による王権獲得へ向けた文脈のうちにそれを位置づけ、補強するものと捉えられてきたのである。だがそうした見方は、根本的に間違っているのではないか。「六条院」の造営意図とも、それはかかわる。この世の権力の中枢である「内裏」に対抗し、それを凌駕する政治的空間などでは、それは決してなかった。

なお、考察を進めるにあたって、キーワードを三つ、最初に掲げておいた。「セミラティス（網状交叉図式）」とは、建築家クリストファ・アレクザンダーが、「都市はツリーではない」とのタイトルのもと、強調した概念で、都市を構成する個々の要素のそれぞれが、ピラミッド型のツリー状に、上下関係で結び付くのではなく、互いに横並びのネットワーク状の関係を保ちつつ、ドゥルーズのいう地下茎（リゾーム）のように輻輳化して結び付いている様相を示す。

これを「六条院」の四季の町に落とし込むなら、それぞれの町に住まう女たちは、光源氏を中心に、放射状に結び付けられているのでは決してなく、光源氏の思惑を越え出て、それぞれが独自のネットワークを形成し、互いに横並びの対抗関係を、勝手に作り出していくと捉えられる。もはや中心は不在なのであり、後景へ退いて空無化しているのだ。

「社会関係資本」は「ソーシャル・キャピタル」の訳語で、互いに信頼関係で結ばれた縁《えん》のネットワーク、すなわち源氏物語の文脈でいえば「ゆかり」の関係を、緊密に取り結んでいくことの謂いとなる。人は単独では生きられない。多様な人間関係の網の目の中に自らを位置づけたとき、その存在は、かろうじて安定的に保たれる。

最後の「ポトラッチ」は文化人類学の用語で、自らの持てる富を蕩尽し、破壊して見せることで、他に比べて相対的に高い地位を保持し、獲得するための「見せびらかし」の行為をいう。つまりはどういうことか。「少女」の巻や「若菜」の巻で語られる算賀の儀礼は、それを主催する側（祝われる側ではなく）の女たちが、自己の地位を保ち、誇示するためのポトラッチ合戦であったとの見通しである。
ここで注意してほしいのは、『紫式部日記』の寛弘五年（一〇〇八）九月九日条に、次のような記事の見えることだ。

九日、菊の綿《わた》を、兵部のおもとの持て来て、「これ、殿《との》の上《うえ》（道長の正室源倫子）の、（式部のために）とりわきて。「いとよう老いのごひ捨てたまへ」と、のたまはせつる」とあれば、「菊の露わかゆばかりに袖ふれて花のあるじ（であるあなた）に千代（長寿）はゆづらむ」とて、（私が歌を）かへしたてまつらむとする程に、「あなたに（倫子は）帰りわたらせたまひぬ」とあれば、用なさに（歌を送るのを）とどめつ。

当時四十五歳であった源倫子《ともこ》が、菊の露を含んだ長寿をことほぐ綿を、紫式部に送ってよこす。萩谷朴『紫式部日記全注釈』（一九七三）の説によれば、式部は当時四十歳くらいだが、これを不快に思って、「あなたの方が年上でしょ」とやり返そうとして、それが不発に終わってしまったエピソードである。
テキスト論的には禁則違反だが、藤原道長の妻で、式部が仕える中宮彰子《あきこ》の母でもある源倫子とのアイロニカルなやり取りがされた、まさにこの時期、式部はみずからの「老い」を否応もなく実感させられて、だからこそ、四十の賀や五十の賀をテーマとする、これら一連の巻々が構想されたのかもしれない。

一・「少女」――伏線としての式部卿宮五十賀

それはさておき、「六条院」での最初の算賀は、「少女」の巻における式部卿宮のそれである。主催者は紫上だが、実質的な主催者は、いうまでもなく光源氏なのである。そして源氏物語研究者の湯浅幸代も指摘するように、これは『落窪《おちくぼ》物語』を多分に意識した、そのパロディーなのだ。

式部卿宮、明けん年ぞ五十になりたまひけるを、御賀のこと、対の上(紫上)思《おぼ》し設《まう》くるに、大臣《おとど》(光源氏三十四歳)も、げに過ぐしがたきことどもなり、と思して、さやうの御いそぎも、同じくはめづらしからん(六条院の)御家居《いへゐ》にてと急がせたまふ。年かへりては、ましてこの御いそぎのこと、御としみ(精進落しの宴席)のこと、楽人舞人《がくにんまひびと》の定めなどを、御心に入れて営みたまふ。経仏《きやうほとけ》、法事《ほふじ》の日の御装束、禄どもなどをなん、上（紫上）はいそがせたまひける。東《ひむがし》の院（花散里）にも、（準備の作業を）分けてしたまふことどもあり。（花散里との）御仲らひ、ましていとみやびかに聞こえかはしてなん過ぐしたまひける。〈中略〉この世にあまるまで、（紫の上が五十賀を）響かし営みたまふは、おぼえぬ（思いがけない）齢《よはひ》の末の栄えにもあるべきかなと（式部卿宮は）喜びたまふを、北の方は（玉鬘により婿の髭黒大将が横取りされたのを根に持って）心ゆかずものし（気にくわない）とのみ思《おぼ》したり。

源氏物語より以前に成立したことが確実な『落窪物語』（作者は男性と思われる）では、その最後で、男主人公藤原道頼《みちより》による、継母への露骨な意趣返しと、女主人公落窪《おちくぼ》の君の父中納言との和解の様子が語られて終わる。つまりは、紫上の境遇を特徴づける「継子いじめ譚《たん》」のテーマが、ここで、とりあえず解消へと向かったことが示される。

それと同時に、光源氏の庇護なしでは孤立無援の、極めて不安定な位置づけにあった紫上が、実父との結びつきをかろうじて回復することで、自らの限られた「社会関係資本（＝ゆかり）」を拡充し、より堅固に構築していくはたらきが、この式部卿宮五十の算には、期待されている。

しかもその実質的な主催者は光源氏であってみれば、新装なったばかりの「六条院」を舞台に、盛大に執り行われたであろう、その算賀の儀式のポトラッチ機能により、いままで敵対関係にあった式部卿宮をおのれの陣営へと抱き込み、これを服属させる効果も期待されている。つまりは式部卿宮に対し、マウントを採るのである。

かくしてこれ以後、式部卿宮は滑稽な道化役として、狂言回しの役廻りを、物語の中で積極的に担わせられていく。

加えて花散里の手助けを得たことが強調され、紫上との「御仲らひ」の良好な様子が示される。これまた、いままで微妙な関係にあった両者が、主従の関係へと組み替えられることで、紫上が、花散里に対し、マウントを採る行為と読めてくる。

算賀の儀礼は、ことほど左様に、今までの人間関係を仕切りなおす、極めて政治的な機能を果たす場でもあるのだが、式部卿宮の算賀は、六条院のどこで行われたのであろうか。おそらくは紫上の住まいする「春の町」の、その東の対へと続く寝殿の「放出（はなちいで）」においてであったろう。

「放出（はなちいで）」とはなにか。江戸末期成立の故実書『家屋雑考《かおくざっこう》』（一八四二）の説によれば、寝殿造りの「寝殿」と「対の屋」とを隔てる調度類を、すべて取り払うことで作りだされる開放的な空間で、「東の対」に対するときは寝殿内に東向きに、「西の対」に対するときは寝殿内に西向きに屏風を立て、その屏風を背にするかたちで、算賀対象者の座が設けられた。

二・隠逸の系譜（その一）――中国士大夫の場合

参賀の舞台、というかその闘技場（アリーナ）となった「六条院」は、そもそもどのような意図のもと、造られた「住まい」であったのか。その造営目的が、「少女」の巻で次のように語られる。

大殿《おほとの》（源氏）、静かなる御住まひを、同じくは広く見どころありて、ここかしこにておぼつかなき（離ればなれで気がかりな）山里人《やまざとびと》（明石御方）などをも集《つど》へ住ませんの御心にて、六条京極のわたりに、中宮の御旧《ふる》き宮のほとりを、四町《よまち》を占《し》めて造らせたまふ。

「静かなる御住まひ」を求めたとされ、また大堰の地にいまだとどまる「山里人」の明石の御方を迎え入れることが、その造営目的の第一であったともされている。つまりは、煩

年	巻	事項
三三	少女	夏、夕霧は元服し、斎宮女御は立后、源氏は太政大臣になる。〔雲居雁十四歳〕
三四		春、二月、夕霧進士となる。 秋、夕霧侍従となる。六条院造営。〔式部卿宮四十九歳〕
三五		秋、八月、六条院完成し、人々移転。 冬、十月、明石も六条院に入る。
	玉鬘	夏、玉鬘筑紫を逃れて入洛し、九条に居る。 秋、玉鬘初瀬に詣で右近に会う。〔紫上二十七、八歳〕 冬、十月、玉鬘を六条院に迎える。
三六	初音	春、正月の祝い。
	胡蝶	春、三月、紫上御殿での御遊び。
	螢	夏、人々玉鬘に懸想。
	常夏	夏、兵部卿宮螢の光に玉鬘を見る。夕霧雲居雁を恋う。
	篝火	夏、内大臣近江姫君をひきとる。
	野分	秋、源氏玉鬘に想いをほのめかす。
	行幸	秋、八月、夕霧紫上を隙見する。 冬、十二月、大原野行幸。
三七	藤袴	春、二月、玉鬘裳着。三月、大宮（葵上母）薨ずる。 秋、夕霧宰相中将、玉鬘尚侍となる。〔髭黒大将三十二、三歳、北の方は三、四歳年長〕
	真木柱	冬、玉鬘髭黒大将と逢う。〔真木柱の君十二、三歳ばかり。髭黒の長男十歳、次男八歳〕
三八		春、玉鬘尚侍参内。髭黒邸に退出。 冬、玉鬘男子を生む。
三九	梅枝	春、二月、明石姫君裳着、東宮元服。
	藤裏葉	夏、四月、内大臣家で藤花の宴、夕霧雲居雁と結婚、明石の姫君入内。 秋、源氏准太上天皇。内大臣太政大臣に、夕霧中納言になる。 冬、十月、六条院に行幸の盛儀。〔源氏三十九歳〕【以上第一部】
	若菜上	冬、女三宮〔十三、四歳〕裳着。朱雀院剃髪。【以下第二部】
四〇		春、二月、女三宮源氏と結婚、朱雀院は寺に入る。一月、玉鬘が源氏に若菜を奉る。 冬、紫上、秋好中宮、冷泉院より源氏の四十の賀がある。〔源氏四十歳〕
四一		春、三月、明石女御男御子（のち東宮）を生む。六条院の蹴鞠に柏木女三宮を見る。

図2　源氏物語「年立て（少女～）」

巻名	記事	竹河
若菜下	（四十二歳から四十五歳まで物語はない） 四六　冷泉院譲位、太政大臣辞任、髭黒右大臣関白。 冬、十月、源氏住吉詣で。 四七　春、紫上病気。柏木落葉宮と結婚。〔女三宮二十一、二歳ばかり。紫上三十七歳（実は三十九歳のはず）〕 夏、四月、柏木女三宮に忍び逢う。紫上病重く受戒。 冬、明石女御男御子（のちの匂宮）を生む。十二月、朱雀院の五十賀。	
柏木	四八　春、女三宮男子（のちの薫）を生み、剃髪。柏木死去。〔源氏四十八歳〕	
横笛	四九　秋、夕霧落葉宮を訪い、柏木の遺品横笛を贈られる。〔匂宮三歳ばかり〕	
鈴虫	五〇　秋、六条院冷泉院に鈴虫を聞きつつ宴遊。	
夕霧	秋、八月、一条御息所（落葉宮生母）死去。九月、夕霧強いて落葉宮と結婚。	
御法	五一　春、紫上病重く、三月、二条院で法華経千部供養。明石姫君は中宮になっている。 秋、八月、紫上死去。	
幻	五二　源氏傷心のうちに年を送り、出家の準備。	
雲隠	（巻名のみ。この間八年物語はないが、源氏、前太政大臣ら薨じている。）【以上第二部】	
匂宮	一四　春、二月、薫〔十四歳〕元服し、侍従となる。【以下第三部】 秋、薫右近中将。匂宮兵部卿。	
	（十五歳から十八歳まで、年立ははっきりしない。）	夏、九月、髭黒の姉姫君〔十八、九歳〕冷泉院に参る。
	一九　薫三位宰相中将。	
	二〇　春、正月、夕霧六条で賭弓の還饗。	
橋姫	薫初めて宇治の八宮を訪う。	
	二一　（物語はない。）	
	二二　秋、八宮寺に籠る。薫、大君中君を垣間見る。老女弁から昔語りを聞く。〔弁六十歳に少し不足〕	
椎本	二三　春、二月、匂宮初瀬詣で、宇治に中宿りして文を送る。 秋、薫中納言。 八宮寺に籠り、八月、死去。	秋、夕霧左大臣、紅梅（柏木の弟）右大臣、薫中納言。

わしい政務を離れ、悠々自適の暮らしを楽しむ、プライベートな空間の位置づけに「六条院」はあり、光源氏にとってそれは、疑似的な「山里」でもあったというわけなのだ。

このとき光源氏三十四歳。老成というには、まだほど遠い年齢である。しかし今上帝は実の子で、前年には養女の斎宮女御《さいぐうにょうご》（六条御息所の娘）が立后して、自らは太政大臣の地位へと昇っている（図2参照）。中国の詩人白楽天が、その晩年に就いたとされる「太子賓客分司東都」（皇太子の教育係）の地位と同じように、光源氏が就任した太政大臣に実質的な職務はなく、諮問があればそれに応える、いわば政治顧問のような役柄である。

加えて五年後の「藤裏葉《ふじのうらば》」の巻では、准《じゅん》太上天皇の高みへと昇り、念願の皇籍復帰を果たして、一般の世の中からは隔絶した超越的な地位を、光源氏は得る。とりあえずは、めでたし、めでたしの、ハッピーエンドということになろうか。

ならば現役をしりぞいて、あとは余生を楽しむといったような、超俗的な意識が芽生えたとして、少しもおかしくない。「若菜上」の巻に、次のような記述の見えることからも、そのことは、うかがい知れよう。

さるは、今年ぞ（源氏は）四十《よそぢ》になりたまひければ、御賀のこと、おほやけ（冷泉帝）にも聞こしめし過ぐさず、世の中の営みにて、かねてより響くを、事のわづらひ多くいかめしきことは、昔より好みたまはぬ御心にて、(源氏は)みな返へさひ申したまふ。

みずからの四十の賀の祝われることを好まず、それを極力避けようとする光源氏の、「事のわづらひ多くいかめしきことは、昔より好みたまはぬ御心」とか、おおげさな行事は、これをすべて、「返へさひ申したまふ」などの記述から、私たち読者は、なにを読み採らなければならないか。

たとえば先に触れた白楽天には、その隠逸の暮らしを謳歌する、次のような文章を見てとれる。

則《すなは》ち必ず左手に妻子を引き、右手に琴書を抱《かか》へ、老いを斯《ここ》に終へて、以て我が平生の志《こころざし》を成就せん。

引用は『草堂記《そうどうき》』からのもの。家族みなが、ひとつところにつどい、家長たるその主人は琴(七絃琴である)を楽しみ、書籍に遊ぶ。中国士大夫層の思い描く、理想の暮らしがそこに示されている。ときに白楽天四十六歳。揚子江流域の江州《こうしゅう》に左遷されて無聊《ぶりょう》をかこちながら、廬山《ろさん》の山中に草庵を構えたときの感慨を述べたものである。

同じく『江州司馬庁記《こうしゅうしばちょうき》』では、朝（ちょう）にあっては政務にいそしみ、野（や）に下《くだ》っては悠々自適の生活を楽しむ、「兼済《けんせい》」と「独善《どくぜん》」のふたつながらの理想の暮らしが語られる。

若《も》し人の器を蓄へ用を貯《たくは》へて、「兼済」に急なる者の之れに居るもの有らば、一日と雖《いへど》も楽しまず。若《も》し人の志《こころざし》を養ひ名を忘れて、「独善」に安《やす》んず者の之に居るもの有らば、終身と雖も悶ゆること無し〈中略〉苟《いやしく》も「吏隠」に志有る者、此の官を捨てて何をか求めん。

漢文学研究者の山田尚子によれば、中国士大夫層が理想とした「吏隠」の生き方、すなわち「兼済」と「独善」の二つを兼ねそなえたその生活態度は、白楽天のこれら詩文に始まるという。

許されて左遷先から洛陽のミヤコに戻って後も、白楽天のその隠逸の思いはやまず、険しい山中での「小隠」や、繁華な市中の「大隠」に対し、郊外にあって長閑（のどか）な暮らしを楽しむ「中隠」こそが、もっとも好ましいあり方だと、その『中隠』詩において述べている。

「大隠」は朝市に住み、「小隠」は丘樊《きろはん》に入る、丘樊は太《はなは》だ冷落、朝市は太だ囂諠《がうけん》（騒がしい）、如《し》かず「中隠」と作《な》りて、隠れて留司《りうし》の官（名目的な閑職）に在るに。〈中略〉唯《た》だ此の「中隠」の士のみ、身を致すこと吉且《か》つ安し。

さらに『池上篇 幷《ならびに》序』では、ミヤコの「東南」の郊外に、敷地三千坪の広大な邸宅を構え、その敷地の中でも特に「西北」の方角、すなわち周易八卦《しゅうえきはっけ》でいえば「天の方位」としての戌亥《いぬゐ》の方角が、最もよいとして次のように述べる。

都城の風土水木の勝は、東南の偏《へん》に在り、東南の勝は、「履道里《りだうり》」に在り。里の勝は、西北隅《ぐう》に在り。西閈北垣《せいくわんほくゑん》の第一第《だい》は、即ち白氏叟《さう》楽天の退老の地なり。地は方《ほう》十七畝《ほ》（敷地三千坪）、〈以下詩句〉皆な吾が好む所、尽く吾が前に有り〈中略〉妻孥熙々《さいどきき》た

り、鶏犬閑々たり、優なる哉《かな》、遊なる哉、吾将《まさ》に
老いを其の間に終えんとす。

藤原公任《きんとう》の撰になる『和漢朗詠集《わかんろうえいしゅう》』の「閑居」の項に、「東都の履道里《りだりう》に、閑居泰適の叟《そう》有り」（出典は「序洛詩」）とその一節が採られ、当時の人々の間で広く知られた「履道里」の邸宅位置を確認するなら、平安京の空間的広がりのなかでの「六条院」の位置との類似に驚かされる。

三．隠逸の系譜（その二）
——本朝の漢学者の場合

こうした白楽天の隠逸の思想に影響を受け、本朝の漢学者たちもまた、都市郊外での理想の暮らしを、同じく謳いあげる。まずは先中書王《さきのちゅうしょおう》兼明親王が、『池亭記』と題したその文章において、「兼済・独善」の理想を追い求める。

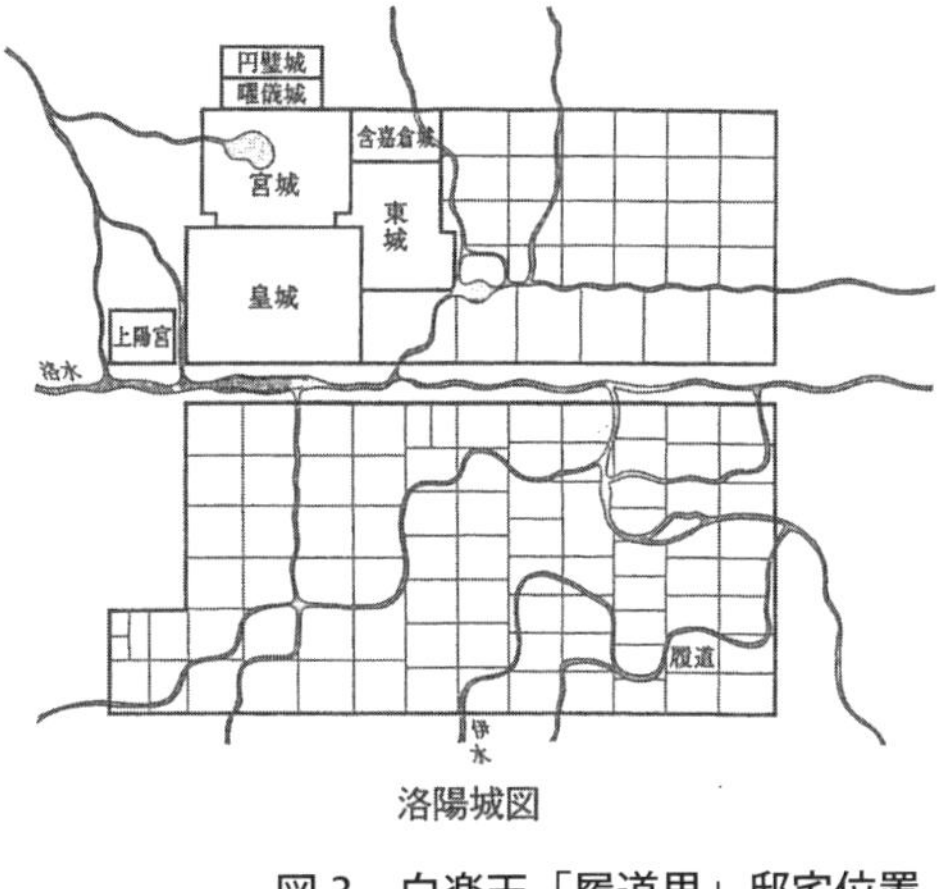

図３　白楽天「履道里」邸宅位置

余《われ》、少《わか》くして書籍を携へて、ほぼ「兼済」・「独善」の義を見たり。如今《いま》老に垂《なんなん》として病根漸《やうや》く深く、世情弥《いよいよ》浅し〈中略〉華《はな》の春暮れ、月の下に秋帰るに至る毎《ごと》に、一たびは吟じ一たびは詠じて、聊《いささ》か以て歳を卒《を》へん。「独善」の計、ここを去つて何《いづく》にか求めん。

「位《くらゐ》三品にして、齢《よはい》半百なり」と自ら記すように、このとき兼明もまた四十六歳。白楽天が『草堂記』を書いたのと同じ年齢に達したことから、それを多分に意識して起草したものであろう。

親王位にもどされ、政局の中枢から外されて以後も、兼明は隠逸の暮らしをひたすら志向し、『祭亀山神文』や『菟裘賦《ときうのふ》』を書く。そして「終の棲家」ともいうべき、その「独善」の気を養う場所として選び採られたのが、「爰《ここ》に先祖聖皇の嵯峨の墟《あと》を尋ね、地を栖《せい》霞観《かかん》に請ひ、この霊山の麓に占む」（『祭亀山神文』）とあるように、ミヤコの「西北」、明石の君が住まいしたとされる嵯峨野、大堰の地であったことは実に興味深い。

明石一族と兼明親王との系譜的なつながりについては、すでに浅尾広良の指摘するところでもあり、こう見てくると、明石の御方が住まう「六条院」の「冬の町」は、戌亥の方角、周易八卦でいえば「天の方位」に位置して、必ずしも悪い場所とはいえなくなる。

それはさておき、中務省（その唐名が中書省である）の配下にあって兼明親王に師事した大内記慶滋保胤《よししげのやすたね》が、やがて同じ書名で『池亭記』を書く。兼明親王の先行作品を多分に意識しつつ、このたびはミヤコの「東南」、すなわち辰巳の方角に位置する、六条以北の地に新たに設けた「住まい」での、「兼済・独善」の生活を謳歌するのである。

家主《いへぬし》、職は柱下《ちゅうか》（内記）に在り（＝兼済）といへども、心は山中に住むが如《ごと》し（＝独善）。〈中略〉朝《てう》に在りては身暫《しばら》く王事に随ひ、家に在りては心永く仏那《ぶつだ》に帰す。予《われ》出でては青草の袍《うへのきぬ》（六位相当の青緑色の朝服）有り、位卑しといへども職なほ尊し、入りては白紵《はくちょ》の被《ふすま》有り、春よりも暄《あたたか》く雪よりも潔《きよ》し。

「予《われ》、行年漸《やうや》く五旬（五十歳）に垂《なんなん》として、適《たまたま》小宅有り」と自ら述べる、その文言からして、保胤もまた、このとき四十六歳となり、それをきっかけに、この『池亭記』を書いたであろうことが、容易に察せられる。

ちなみにこの保胤、紫式部の父藤原為時《ためとき》とは、共に花山朝を支えた同僚として、親しい間柄にあったことは、いくら強調しても、し過ぎることはない。

白楽天に始まって兼明親王へ、さらには保胤へと続く、ミヤコの郊外、それも西北や東南の方角において「独善」の気を養う「終の棲家」の系譜に、光源氏の「六条院」もまた、位置づけられることが、こうしてようやく明らかとなってくる。

先に見た「少女」の巻での「静かなる御住まひ」とか「山里人」などとあった記述や、「若菜上」の巻に見える「事のわづらひ多くいかめしきことは、昔より好みたまはぬ御心」とか、「みな返へさひ申したまふ」などの記述の真意が、まさにここにあったとはいえまいか。ここを最期の地として、もうどこにも動くまいとの覚悟の下、光源氏は「終の棲家」を、そこと定めたのである。

四．「春の町」——トリガーとしての玉蔓

だが、白楽天からの流れを汲む「六条院」での、そうした光源氏の思惑を無視し、踏みにじるかたちで、四十の賀は強行されてしまう。その皮肉な顚末を、以下にみて行きたい。

「子《ね》の日なるに、左大将殿の北の方（玉鬘）、若菜まゐりたまふ」とあるように、まずは

玉鬘《たまかずら》によって抜き打ち的に強行された正月二十三日の記事が来る。光源氏にしてみればいい迷惑で、その困惑のほどが示される。長寿を祝うとは、体のいい口実で、実のところそれは、玉鬘自身の利害得失ために仕組まれた儀式であったからだ。

玉鬘に関しては「根」という言葉とのかかわりで、中西智子に論がある。根無し草さながら、筑紫から上京してきた玉鬘は、自らの「根っこ」、すなわち出自に強いこだわりを持つ。結果「六条院」の夏の町に「住まい」をあてがわれ、仮の「根」を得るのだが、そこでの物語を読みふける行為（「蛍」の巻での物語論である）も、自らの出自のあやうさからくるふるまいであったことが示される。しかも光源氏に性的に迫られて、その「根」は、「寝る」の「寝」にも通じてしまう。その両義のあわいを行き来する玉鬘の、存在のあやうさを、中西は丹念に跡づけている。

だが、このたびの算賀の場で玉鬘が詠んだ歌、「若葉さす野辺の小松（のように若々しい我が子）を引きつれてもとの岩根をいのる今日かな」に端的なかたちで示されるように、「若菜上」のこの時点では、「寝る」の「寝」は影をひそめ、もっぱら「根っこ」の「根」のみに一義化されている。つまりはみずからの里邸（＝実家）として「六条院」を位置づけ、これを盤石なものとして積極的に領有し、占有しようとしているのだ。

その主催する算賀の場は、したがって、彼女がかつて住まった「夏の町」ではなく、光源氏の住まう本邸の「春の町」、しかも今のところ誰も住んでいない、その西の「放出」でなければならなかった。

南の殿《おとど》（辰巳の町）の西の放出《はなちいで》に御座《おまし》よそふ。屏風、壁代《かべしろ》よりはじめ、新しく払ひしつらはれたり。〈中略〉大将（髭黒）の、かかるついでにだに（子息たちを）御覧ぜさせむとて、二人（玉鬘の子）同じやうに、振分髪《ふりわけがみ》の何心なき直衣《なほし》姿にておはす。〈中略〉（光源氏は）「人よりことに（年齢を）数《かぞ》へとりたまひける今日の子《ね》の日こそ、なほうれたけれ（いやになるが）。しばしは老を忘れてもはべるべきを」と聞こえたまふ。

表向き玉鬘主催のこの催し、その背後には髭黒大将がいて、「二人（の息子は）同じやうに、振分髪の（童子の髪型で）何心なき直衣姿にておはす」とあるように、みずからの子息を引き合わせることで、光源氏との間に強力な縁故関係、すなわち「社会関係資本」を築き上げ、将来的により有利な地位へとその子たちを引き上げてもらうことが、真のねらいなのであった。

光源氏の算賀など、もはや口実に過ぎないことが、ここに至って、ますます明らかとなってくる。

五．「冬の町」――共闘する紫上と明石の御方

これを蟻の一穴として、以後、「六条院」を舞台に、自らの「社会関係資本」の構築へ向けた女たちの、「見せびらかし」のポトラッチ合戦が始まる。

玉鬘が算賀を主催した「春の町」の西の対には、やがて、准太上天皇（院）の地位へと昇った光源氏の立場に見合ってふさわしく、高貴な血筋の女三宮の一団（その数は、五、六十人に及ぶ）が、どやどやと押し入ってくる。

かくて二月《きさらぎ》の十余日に、朱雀院の姫宮、六条院へ渡りたまふ。この院（光源氏）にも、御心まうけ世の常ならず。（玉鬘が）若菜まゐりし西の放出に、御帳《みちやう》立てて、そなたの一、二の対、渡殿《わたどの》かけて、女房の局々《つぼねつぼね》まで、こまかにしつらひ磨かせたまへり。

こうして寝殿から「東の対」の片隅へと追いやられ、「六条院」にその居場所を失った紫

上は、自らが主催する算賀の場を、「嵯峨野の御堂」に移して取り行うこととなる。

神無月《かみなづき》に、対の上（紫上）、院（光源氏）の御賀に、嵯峨野の御堂《みだう》にて、薬師仏供養したてまつりたまふ。〈中略〉上達部《かむだちめ》いと多く参りたまへり。〈中略〉二十三日を御としみ（精進落しの宴席）の日にて、この院（六条院）は、かく隙間なく（他の女たちが）集ひたまへる中《うち》に、（紫上は）わが御私《わたくし》の殿《との》と思す二条院にて、その御設《まう》けはせさせたまふ。

ここに見える「嵯峨野の御堂」、大堰にとどまる明石の御方のもとへ通うため、かつて光源氏が口実として利用した、いわくつきの場所なのだが、そんな昔のことは忘れたかして、「上達部いと多く参りたまへり」とあるように、これを公的行事にまで拡大させていく。

打ち上げの直会《なおらい》は、紫上が所有する「二条院」で行われるが、どちらも「六条院」から見て「西北」の方角、すなわち「天の方位」に位置することに注意したい。くしくもそれは、明石の御方の住まう「冬の町」の方位と重なる。そのことを裏付けるかのように、明石の御方の支援を取り付けて、紫上はこれにマウントするのである。

淑景舎《しげいさ》（明石姫君）の御あづかりにて、明石の御方のせさせたまへる、ゆゑ深く心ことなり。背後《うしろ》の御屏風四帖は、式部卿宮なむせさせたまひける〈中略〉いにしへの（「紅葉賀」の巻で語られた）朱雀院の行幸に、青海波《せいがいは》のいみじかりし（たいそうすばらしかった）夕《ゆうべ》、思出でたまふ〈中略〉故入道《にふだう》の宮（藤壺）おはせましかば、かかる御賀など、我（光源氏）こそ進み仕《つか》うまつらましか、

紫上は、かつて対抗関係にあった明石の御方を、算賀の準備に駆り立てることで、自らの陣営に取り込み、これと共闘を組むことで、新たに現われた強力なライバル女三宮に対抗し、これを凌駕し、威圧しようとするのであった。

背後の屏風は父式部卿宮によってあつらえられ、その実質的な主催者（経済的な支援者）は式部卿宮であったことが暗に示されている。先に「少女」の巻で築き上げられた「社会関係資本」が、ここで充分に活かされている。

とはいえ、紫上の営みは、実のところ砂上の楼閣でしかない。「試楽（予行演習）」の場での夕霧と柏木《かしわぎ》のあでやかな舞姿から、光源氏の子を宿して身重の藤壺《ふじつぼ》の宮のまなざしを多分に意識しつつ、かつて「紅葉賀《もみじのが》」の巻で「青海波」を舞った、若きころのみずからの光

景が重ね合わせにイメージされ、光源氏の脳裏には、「故入道の宮（藤壺）おはせましかば」と、亡き藤壺の記憶が呼び起こされてくる。そうすることで、藤壺の「形代《かたしろ》」でしかない紫の上の存在のあやうさが、あらためて示される。

そしてドラマチック・アイロニー（登場人物の知らないことを読者は知っていて、その知のギャップをねらった戯曲上の手法）よろしく、光源氏にとって自分が、藤壺の「形代」でしかないことを、紫の上は、いまだ知らない。

六．「秋の町」と「夏の町」――皇后と、帝王のそれ

次に秋好中宮《あきこのむちゅうぐう》主催の算賀が行われる。舞台は「秋の町」である。

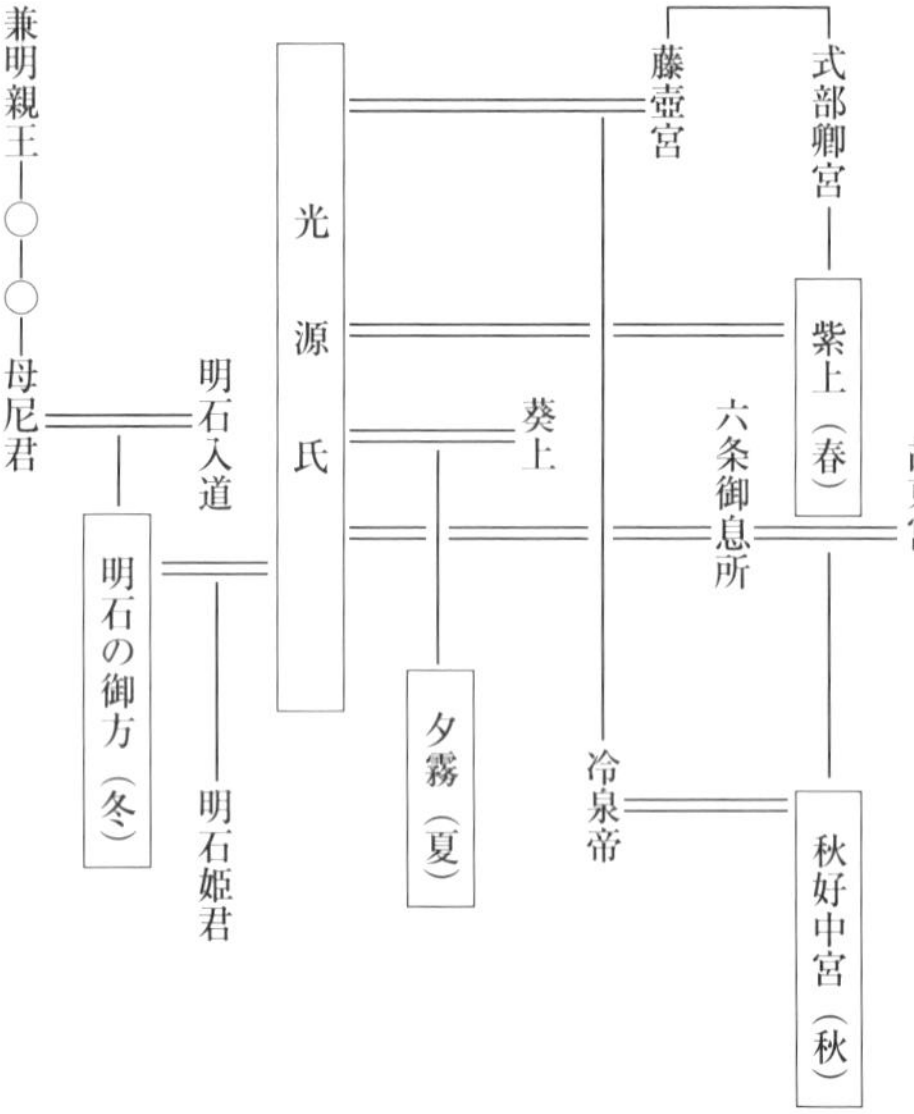

図４　源氏物語関係系図（薫誕生以前）

「四十の賀といふことは、さきざき聞きはべるにも、残りの齢《よはひ》久しき例《ためし》なむ少なかりけるを、このたびは、なほ世の響きとどめさせたまひて、まことに後《のち》に足らんこと（五十賀や六十賀）を数《かぞ》へさせたまへ」と（源氏の意向は）ありけれど、公《おほやけ》ざまにて、なほいといかめしくなむありける。〈中略〉故前坊の御方ざまにて伝はりまゐりたる（数々の名品）も、またあはれになむ。〈中略〉いとうるさくて、こちたき（豪勢な贈答品を通じた）御仲らひ（＝ゆかり）のことどもは、えぞ数へあへはべらぬや。

今上帝の后が主催者であるからは、儀式はいやがうえにも公的な性格を帯び、盛大なものとならざるを得ない。「世の響きとどめさせたまひて」との光源氏の意向は、ここでも完全に無視される。

公的な場に、女はかかわるべきではないし、かかわれないとの例の省筆の手法で、詳しくは語られないが、背後には、「故前坊（＝亡き皇太子）の御方ざま」の一大勢力が、強靭な「ゆかり」のネットワークとして控えている。しかもここで注意しておきたいのは、「後に足らんことを数へさせたまへ」との光源氏の意向にもかかわらず、光源氏に対して五十の賀や六十の賀の行われた形跡が、その後の物語のどこにも見いだせないことである。

年度も押し迫った十二月、最後に残る六条院の「夏の町」で、夕霧主催の算賀が執り行われる。しかし、その実質の主催者は、屏風四帖をあつらえて、それに自ら揮毫《きごう》した、光源氏の実子冷泉帝であるのだから、その儀式は、これまた、いやがうえにも公的な性格を帯びざるをえない。

内裏《うち》(冷泉帝)には、思《おぼ》しそめてし(思い立った)ことどもをむげにやは(無為にしてはならない)とて、中納言(夕霧)にぞつけ(仰せつけ)させたまひてける。〈中略〉隠ろへたるやうにしなしたまへれど、今日《けふ》は、なほかたことに儀式まさりて〈中略〉御屏風四帖に、内裏《うち》(冷泉院)の御手書かせたまへる、唐《から》の綾《あや》の薄毯《うすだん》に、下絵のさまなどおろかならむやは。〈中略〉次々の御ゆかりいつくしき(豪勢な)ほど、いひ知らず見えにたることなれば、なほかかるをりにはめでたくなむおぼえける。

ちなみに先に見た玉鬘と同じく、冷泉帝もまた自己の出自について、「根」の問題を抱えている。そのことを、あらためてここで確認しておきたい。

「若菜上」で示された、「わづらひ多くいかめしきこと」を極力避け、「みな返へさひ申したまふ」との光源氏の意向は、このようにして、完全に無視され、「六条院」の四季の町を順繰りに、春から冬へ、さらには秋から夏へと経めぐる形で、算賀の儀礼が、いやがうえにも公的な性格を帯びて、盛大に執り行われたのである。

七．「若菜下」——朱雀院五十賀の顚末

それから七年のとしつきがたち、帝の代も冷泉帝から今上帝に替わって、朱雀院五十の算を主催する立場に、今度は光源氏が立たされる。表向きは女三宮の主催だが、その女三宮のために、それに代わって、光源氏がこれを主催しなければならない。

舞台はいうまでもなく、女三宮の住まう六条院「春の町」の、その西の「放出」で、かつて玉鬘が、源氏四十の賀を祝った、その同じ場所となる。

このたび（朱雀院の五十歳に）足りたまはむ年、若菜など調《てう》じてや、と（光源氏は）思《おぼ》して、さまざまの御法服《ほふぶく》のこと、斎《いもひ》（法会の際の食事）の御設《まう》けのしつらい、何くれと、さまことに（朱雀院は法皇なので俗人とは）変れることどもなれば、人の御心しらひ（御

方々の助言や工夫）ども入りつつ思しめぐらす。

新年早々、若菜を献じて、大掛かりな公的行事として行うつもりであったが、「院（朱雀院）の御賀、まづおほやけ（今上帝）よりせさせたまふことどもいとこちたきに（たいそう盛大だから）、さしあひて（重なって）は便《びん》なく思《おぼ》されて」とあるように、今上帝主催のそれに遠慮して、二月二十余日に延期される。

しかしその日程も、「試楽」の余興に催された「女楽」の後に、心労を重ねた紫上が発病し、「重しと見れど、おのづから（病の）おこたるけじめあるは頼もしきを、（そうでもないので）いみじく心細く悲しと（光源氏は）見たてまつりたまふに、他事《ことごと》思されねば（他のことに気がまわらないので）、御賀の響きもしづまりぬ」とあるように、再度十月に延引されてしまう。

さらにその十月の予定も、「十月にと思《おぼ》しまうくるを、姫宮（女三宮）いたくなやみたまへば、また延びぬ」とあるように、光源氏にとっては、はなはだ不本意な、女三宮の懐妊（柏木との密通の結果である）で、みたび延引される。その間に女三宮にとっては姉に当たる女二宮（後の落葉の宮である）に先を越され、皮肉にもその夫の柏木主催による朱雀院五十の賀が、太政大臣家（かつての頭中将家）の総力を挙げて、盛大に執り行われるのである。

衛門督《ゑもんのかみ》（柏木）の御あづかりの宮（女二宮）なむ、その月には（朱雀院五十の賀宴を）参りたまひける。太政大臣《おほきおとど》（昔の頭中将）ゐたちて、いかめしく、こまかに、ものきよら、儀式を尽くしたまへりけり。

延びに伸びて、その歳も押し迫った十二月十余日に予定された算賀の、その「試楽」の場での、「老い」をめぐる光源氏と柏木とのやりとりは、あまりにも有名で、源氏物語後半の主題が、ここに、端的なかたちで、集約されて示されることとなる。

廂《ひさし》の御簾《みす》のうちに（源氏が）おはしませば、式部卿宮、右大臣《みぎのおとど》（髭黒）ばかりさぶらひたまひて、〈中略〉式部卿宮も、御孫（その立派に成長した姿）を思して、御鼻の色づくまでしほたれたまふ。主《あるじ》の院（光源氏）、「過ぐる齢《よはひ》にそへては、（式部卿宮のように）酔泣《ゑひな》きこそとどめがたきわざなりけれ。衛門督（柏木はそれに）心とどめてほほ笑《ゑ》まる（嘲笑っているが）、いと心恥づかしや。さりとも、（若い盛りは）いましばしならむ。さかさまに行《ゆ》かぬ年月よ。老は、えのがれぬわざなり」

紫上の父式部卿宮の、「御鼻の色づくまでしほたれたまふ」、そのなんとも滑稽な耄碌（もうろく）ぶりを笑った柏木の、その笑いが、事の発端であった。遠く「少女」の巻の式部卿宮五十の賀で始まった算賀のテーマは、こうして、式部卿宮の「老い」に、光源氏のそれを重ねて、なんともアイロニカルな形で結末を迎えることとなるのである。

こう見てくると、「若菜」というその巻名（若菜を食して若さをとり戻す意）は、いかにも皮肉に響く。「さかさまに行かぬ年月」を、そして「老は、えのがれぬわざ」を、光源氏に容赦なく自覚させ、露骨に突きつけてくる巻でも、それはあるのだからして。

公的行事については、その「試楽」のみ描いて、「本番」は描かないのが物語の通例である。しかし「若菜下」の最後のしめくくりに位置づけられた算賀記事の、その記述の異様さには、驚きを禁じ得ない。

御賀は、二十五日になりにけり。かかる時のやむごとなき上達部《かむだちめ》（柏木）の重くわづらひたまふに、親はらから、あまたの人々、さる高き御仲らひ（高貴な関係者たち）の嘆きしをれたまへるころほひにて、ものすさまじきやうなれど、次々に（御賀が）とどこほりつることだにあるを、さてやむまじき（やめてしまうわけにいかない）ことなれば、いかでかは（賀宴を）思しとどまらむ。女宮（女三宮）の御心の中《うち》をぞ、（光源氏は）いとほしく思ひきこえさせたまふ。

例の五十寺《ごじふじ》の御誦経《ずきやう》、またかの（朱雀院が）おはします御寺《てら》にも魔訶毘盧遮那《まかびるさな》の。

「次々にとどこほりつることだにあるを、さてやむまじきことなれば」という、なんともなげやりな、それでいて二重三重に屈折した光源氏の思いが述べられて、女三宮の婿どり話から始まった「若菜」の巻の苦い結末が、末尾にたった一行、「例の五十寺の云々」と記されたこの異様な記述形態に、端的な形で示されているとはいえまいか。

以上、駆け足でたどってきたが、上下に分たれた「若菜」の巻は、互いを「合わせ鏡」のように対比させつつ、算賀の儀礼を受ける側に立つのも、それを主催する側に立つのも意に沿わぬ光源氏の、いやいやながらの姿を示すことで、その「老い」へのあらがいを、遠回しに描き出す。

白楽天から続く漢学者たちの、隠逸への思いを引き継いだ「六条院」での、「終の棲家」

としての閑雅な暮らしは、ツリーからセミラティスへと、その関係を大きく移行させ女たちの、それぞれ勝手な振る舞いにより、激しくかき乱され、こうして光源氏は、自らの人生の「翳《かげ》り」を、いやおうもなく自覚させられるのであった。

第二幕
「紫式部」という人

キーワード：消息文・倫子女房説・即自と対自

問題の所在――方法としての「消息文」

一条天皇の皇后、上東門院《しょうとうもんいん》彰子に仕える女房集団のひとりに、源氏物語の作者紫式部が足し加えられたのは、どのような事情によるものか。その詳しいいきさつは、一切知られていない。唯一の手掛かりは、『紫式部日記』にみえる記述で、そこには、宮仕え体験を通して得られた式部の、あれこれの思いが、縷々《るる》つづられている。

その記述内容はといえば、寛弘《かんこう》五年（一〇〇八）九月の敦成《あつひら》親王（のちの後一条天皇）誕生に前後して、様々な儀式典礼でにぎわう土御門邸（藤原道長の正室源倫子が父の一条左大臣源雅《まさ》信《のぶ》から伝領した邸宅で、娘の彰子にとっては里邸＝実家に当たる）の様子を記しつけ、やがて記述は、手紙文の体裁で書かれた「消息文」へと移る。

そのあと、「十一日の暁《あかつき》」ではじまる年次不明の断片的な記事（「すきもの」や「くいな」をめぐる道長との後朝《きぬぎぬ》の歌を思わせるやりとり）がさしはさまれ、次いで記述は、一気に寛弘七年（一〇一〇）正月へと跳び、彰子所生の第二皇子敦良《あつなが》親王（のちの後朱雀天皇）の「御五十日《いか》の儀」などを記しつけて、唐突に終わっている。

途中さしはさまれる「消息文」は、作品全体の四分の一を費やして（岩波の新古典文学大系でいえば十七ページにも及ぶ）つづられている。もちろん、こんな長大な手紙文などありはしない。これは手紙文の体裁を借りながら書かれた、紫式部による、ひとつの文体実践なのだ。

対偶表現「侍る」の多用によって特徴付けられる「消息文」は、具体個別のだれかれの〈顔〉を思い浮かべ、その〈顔〉の持ち主に向け、直接に言葉をつむぎだすことを可能にする。「かな散文」の草創期にあって、拠るべき規範のないなか、そうしたかたちでしか、みずからの内面にうずまく複雑な想いを、あからさまに吐露するような文章（西洋の十九世紀ロマン主義文学を、あたかも先取りするかのような！）は、まだ書くことができなかったということなのかもしれない。

明治の初め、「Speech」という言語文化が西洋からもたらされたとき、多くの聴衆を目の前にして、その聴衆ひとりひとりに直接呼びかけ語りかけるような話し方を、福沢諭吉は人々の前で実演してみせた。それまでになかった、そうした表現方法に、あらたに「演説」という訳語をつけ、世に広めたのである。それと同じようなことを、紫式部は、「消息文」の文体に借りて、いちはやくやってみせたというわけだ。

なお十一世紀初頭の早い段階に、女性による、それも多分に形式化された「詩」や「歌」ではなく、ある程度の長さを持った「散文（＝これといった形式のない文章）」が、こうしたかたちで今に残されているのは、世界でも稀に見る、極めて珍しい事例であることを、ここであらためて確認しておきたい。

一・「くせぐせしく、やさしだち、恥ぢられたてまつる人」とは、誰れか？

ということで、問題の箇所は、いわゆる「消息文」の、そのとじ目にあたる部分に位置している。ひと癖もふた癖もある同僚女房たちとの付き合いの煩《わずら》わしさを、私（式部）はどう乗り越え、大過《たいか》なく宮仕えの勤めを果たすべく、どのように工夫を凝らしているか。そうした中で私は、どのような立ち居振る舞いを、最も好ましいものと考えるようになったか。そうしたあれこれの、宮廷女房として生きるための知恵を披瀝《ひれき》した、その最後に、その一文は位置づけられている。

「よろづのこと、人によりてことごとなり」――、世の中には色々な人がいて、私の言動に対し、あれこれ文句を言ってくる。あるいは裏でこそこそ陰口をたたく。人それぞれに考え方は違うのだから、たとえ自分が召し使う相手であっても、私は自分の気持ちを抑《おさ》えて、なるべく相手の言うことに逆らわないよう努めている。

ましてや宮仕え先の同僚女房たちは、それぞれにプライドが高く、個性も強くて、中には人を人とも思わぬ、傲慢な振る舞いの目に余る者もいる。こうした人の前では、私は自分を抑えて、何も批判めいたことは言わないようにしている。

どんな時でも上辺をつくろい、平静をよそおう私の、そうした態度を誤解して、「漢学の知識をひけらかし、才能を鼻にかけて、人を小馬鹿にするような傲慢な人かとばかり思っていたけれど、思いのほか、おっとりとして、のんびりやさん、だったのですね」などと言われると、かえってうすのろの馬鹿と見くびられた気がして腹も立つが、むしろそう見なされることこそ本望。中宮さまも、「最初は取っつきにくいと思っていたけれど、思いのほか、親しくなりましたね」などとおっしゃって下さるようになった――と、このような文脈に続けて、次のような言葉が書きつけられるのである。

くせぐせしく、やさしだち、恥《は》ぢられたてまつる人に、ぞばめたてられて侍《はべ》らまし。

この一文、極めて難解である。「恥ぢられたてまつる人」とは、具体的には一体誰のことを指しているのか。「たてまつる」は、位《くらい》の低い立場の者からの中宮に対しての謙譲語であるから、「（中宮さまからも）一目置かれ申し上げている人」という解釈は、ほぼ動かない。問題はその「人」とは誰れであるかだ。これを「式部」自身と捉える説があるかと思えば、その一方で中宮付きの「上流女房」ととらえたり、さらには中宮の母「倫子」とするなど、さまざまな説がいわれてきた。

幸いなことに、前田惟義『紫式部日記古注集成』（一九九二）という便利な本があって、そこに、中世以来、現在に至るまでの、諸注釈の付き合わせが行われている。そして最終的な著者の見解が、次のように五項目に分けて示される。

この項の問題点を以下のように整理しておく。

（1）「恥ぢられ奉る人」は、中宮ではなくて、倫子あるいは橘徳子級の古参女房であろう。

（2）「くせぐせしく」「やさしだち」「恥ぢられ」が並列して、「人」を修飾していること。

（3）「そばめたてられで」の「で」は、「て」ではないこと。

（4）「やさしだち」の意は、「恥ずかしそうにする」の意よりも、「上品ぶる・風流ぶる」の意がよかろう。

（5）「まし」は、「意志・希望」よりも実現があやぶまれる気持ちをこめた推量の意がよかろう。

この結論は、萩谷朴『紫式部日記全注釈』（一九七三）の見解を、ほぼ全面的に踏襲したものである。そして本章も、基本的には萩谷説を最も妥当な解と考える。つまり「恥ぢられ奉る人」とは、暗に「倫子」を指すということだ。したがって解釈は、次のようになる。

（せめてものことに）、ひと癖もふた癖もある強烈な個性の持ち主でありながら、それでいていつもおっとりと上品に構え、中宮さまからも一目置かれ申し上げている方（以下は言葉の行為遂行的《パフォーマティブ》な意味機能となる：つまりは倫子よ、あなたご自身のような方）からは、白い目でみられないようにしたいものです。

「言語行為論」をとなえたジョン・オースティンによれば、言葉には、単にものごとを指し示すだけの陳述的（コンスタティブ）な機能と、それを言うことで何か別のことを行おうとする行為遂行的（パフォーマティブ）な機能との、ふたつの働きがある。オースティンがいう、このふたつの機能に照らし見たとき、単なる記述対象として、倫子のことがそこで取り上げられただけにとどまらない。

「消息文」の体裁を採ることで、この一節全体が、倫子その人に向けて書かれた、行為遂行的《パフォーマティブ》な、呼びかけ、訴えかけの文章であった可能性も、なくはないのだ。そうしたことを視野に入れたとき、なにかが新しく見えてくる。

二・「左衛門の内侍」という人

萩谷説を踏まえて、「恥ぢられ奉る人」は倫子を指すとして、しかし最近の注釈書は、必ずしも萩谷説に倣うことはせず、むしろこれを避けている。完訳日本の古典（小学館）や新編日本古典文学全集（小学館）、さらに新日本古典文学大系（岩波）などでは、「恥ぢられ奉る人」に対し、ただ漠然と「上流女房」を指すとだけ述べ、「倫子」の名を出していない。なぜであろうか。

萩谷説は、道長との交情がもとで、式部と倫子との間に、女同士の確執・反目があったとの前提に立つ。最近の注釈書が萩谷説を採らないのは、式部と道長との性的関係を過大視することで、作品の読みが一方に偏り、矮小化されることを嫌うからであろう。

本幕での立場をあらかじめ明らかにしておけば、以下のようになる。そもそも倫子と式部とは、主人に対する使用人として従属関係にあり、たとえ式部と道長とが性的関係を取り結んだとしても（先にも述べたように「すきもの」や「くいな」をめぐる道長とのやりとりが記される「十一日の暁」以下の記事がそれを暗示している）、そのことが原因で、倫子が式部に悪感情を抱くとは、必ずしも言えない。そこに過大な意味を持たせるのは、近代的な倫理観（単婚小家族神話）からする偏った読みでしかない。

そもそも取り次ぎ役の女房が、出入りする男性官人と性的関係を取り結ぶのは、たとえば『枕草子』に見て取れる清少納言の、複数の男性と同時並行的に関係を取り結ぶ事例などを見る限り、宮廷社会ではむしろ常態であって、なんら特別なことではない。そうでなければ、複雑な男女関係を描くことに特化した、源氏物語以下の「王朝物語」の世界は、その成立の基盤を失う。

では、具体的な個人をそれと特定せず、「恥ぢられ奉る人」などともってまわった言い方で、「倫子」の存在を暗にほのめかすような曖昧な物言いをしているのはなぜなのか。

後述するように、『紫式部日記』の中で倫子は、並み居る女房たちとは一線を画して、別格にあつかわれ（中宮彰子の生母なのだから、あたりまえではあるのだが）、最も警戒すべき相手として位置付けられている。だがそれは、道長との交情をめぐる女同士の確執などといった、ささいな、と言ってしまっては乱暴にすぎるかもしれないが、少なくともそうした事柄によるのではない。むしろ夫の道長以上に権謀術数に長けた倫子の、その性格的な抜け目なさに対する警戒だったのではあるまいか。

たとえばこの記事の直後に、女房として最も好ましからざる、その具体例として、「左衛門の内侍《ないし》」のふるまいが挙げられてくる。実のところそれは、倫子の裏かえしにされたダミーであった可能性も、なくはないのだ。

左衛門の内侍《ないし》といふ人侍《はべ》り。あやしうすずろに（むやみに私のことを）よからず思ひけるも、（私が）え知り侍らぬ心憂《こころう》きしりうごと（不愉快な陰口）の、おほう聞こえ侍りし。

「内侍」は天皇の身辺の世話をする女官で、長官を「尚侍《ないしのかみ》」、次官を「典侍《ないしのすけ》」、三等官を「典掌《ないしのじょう》」といい、律令官制に基づく正式の官職であった。ただし長官職の「尚侍《かみ》」は、天皇の妻妾のひとりに加えられることも多く、実質の業務は、次官の「典侍《すけ》」がこれを担った。「典侍」は従四位の位置づけで、太政官制でいえば参議相当の公卿の地位に匹敵し、彰子付きの私的女房でしかない式部（無位無官である）とは、格段の差のある上級女房なのである。

おそらくその「典侍」であったろう「左衛門の内侍」（橘隆子かとされている）が、どういうわけか式部に対抗心を抱き、陰で式部の悪口を、あちこちで吹聴してまわったらしい。

ことの発端は、彰子のもとで源氏物語の読み合わせ作業をしていたとき、たまたま居あわせた一条天皇が、「この人（式部）は、（漢文で書かれた）日本紀をこそ読みたるべけれ。まことに才（漢学の知識教養が）あるべし」と発言したことにある。そこに言う「読む」には、ただ単に読むのではなく、その文章について人々の前であれこれ解説し、「講義する《レクチャー》」といった意味も響かせてあると思われるが、その天皇の言葉を傍らにあって耳にした、当の「左衛門の内侍」、源氏物語を書いた式部とやらいう、どこの馬の骨とも知れぬ女房は、漢学の素養があるらしく、それをたいそう自慢しているとのうわさを、あちこちで振りまいて、式部は大いに迷惑した。さらには「日本紀の局《つぼね》」という、悪意あるあだ名まで付け、式部を揶揄する挙に出たのである。

だが式部とて負けてはいない。「受領《ずりょう》は倒れたところに土をつかめ」のたとえよろしく、これを自らの才能をひけらかす自慢話へと、自己の書き物の中で、見事にすり替えて見せるのである。おととしの夏ごろより、白楽天の新楽府《しんがふ》五十篇を、中宮さま相手に密かに講じており、それを一条天皇も道長も知っていて、なにかと支援してくれている。

まことに（中宮さまが新楽府を、私の指導を受けながら）かう読ませ給《たまひ》などすること、はた（とはいえ）、かのものいいの内侍は、え聞かざるべし。（そのことを）知りたらば、いかにそしり侍らん物と、すべて世の中ことわざしげく（わずらわしいことが多く）、憂《う》き物に侍りけり。

「江戸のかたきを長崎で討つ」とは、まさにこのことか。人々の前で、表立ってその才能をひけらかしたり、周囲の人々の立ち居振る舞いに、その場で異をとなえたりなどといったことは、決してしはしない。だがおのれの書き物のなかでは、その憤懣やる方なき思いをさらけ出し、同僚女房たちに対する辛辣な批判も、遠慮なくやってのけてみせる。

それもこれも、互いに心許せる、この「わたし」と「そなた」とが直接向き合い、この、ここの、こなたの「わたし」の側から、その、そこの、「そなた」へ向けて、互いの〈名〉と、互いの〈顔〉とが、あらかじめ見えていることを前提に、極めて親密で、プライベートな関係のなかではじめて可能な、「消息文」でのやり取りだからだ。

『紫式部日記』とは、こうした二重三重に屈折をかかえこんだ、一筋縄ではいかない、なんともやっかいな作品なのである。そうであってみれば、そのなかでしばしば言及される倫子との関係が、当然のこと、重要なテーマとして浮かび上がってこよう。

三．紫式部倫子女房説をめぐって

式部は、一条天皇の后となった上東門院彰子に仕える女房だったのか、それとも、その母鷹司殿《たかつかさどの》倫子に仕える女房だったのか。現在の通説では、娘の彰子に付き従う「宮《みや》の女房」であったとされている。

しかし中世の注釈研究の世界などでは、母倫子の女房だったとする見方が、むしろ一般的であった。たとえば『大鏡』の後を受け、平安末期の宮廷社会の動向を描いた歴史物語『今鏡』は、その語り手に、かつて式部に親しく仕えた、「あやめ」という下仕《しもつか》えの老女（年齢は百歳を超えている）を設定する。その「あやめ」は、みずからの経歴を語って、次のように言う。

越《こし》の司《つかさ》（越前守の地位）におはせし（藤原為時の）御むすめに、式部の君とましし（であられた）人の、上東門院の后宮《きさいのみや》とまししとき、御ははの鷹司殿にさぶらひし（その式部の）局に、あやめと申して、まうで（お仕え）侍りし。

鎌倉期成立の源氏物語の注釈書『紫明抄《しめいしょう》』の巻一冒頭に掲げる「系図」には、「従一位源倫子家女房、相縫（継カ）与侍上東門院」という傍記がある。それを受けて室町初期成立の『河海抄《かかいしょう》』（四辻善成撰、二〇巻）でも、その「料簡《りょうけん》」において、「紫式部者、鷹司殿〈従一位倫子、一条左大臣雅信女〉官女也。相継而陪侍上東門院」と記す。

これらの歴史資料からするに、はじめ式部は倫子に仕える女房であり、その後、娘の彰子が宮中に入内する際に、その彰子付き女房の一員として配属され（いうまでもなく倫子の命を受けて）、「宮の女房」として仕えることになったと考えられている。

こうしたことから、たとえば徳満澄雄は「紫式部は鷹司殿倫子の女房であったか」（一九九六）において、式部を倫子付き女房と断定し、一条左大臣源雅信が娘倫子の夫として藤原道長を婿どりした永延《えいえん》元年（九八七）十二月十六日の前後に、式部の「初出仕」を想定する。時に式部十八歳、倫子は二十四歳で、いうまでもなく彰子は、まだこの世にいない。

通説では、式部の「初出仕」は、寛弘二年（一〇〇五）か、もしくは三年ころとされている。そのとき、式部は既に三十六、七歳に達しており、夫藤原宣孝《のぶたか》に先立たれて、その悲哀と無聊を紛らわすため、里邸において源氏物語の前半部分を書き終えていた。やがてその物語が人々の間で評判となり、彰子が入内する際に、家庭教師（当時の言葉で「侍読」という）みたような資格で女房として召しだされたとされている。

通説とはいえ、もとよりこれも「仮説」であって、確たる証拠や資料的裏付けがあってのことではない。だから、徳満が想定するようないささか奇矯な説も、成り立たないわけではない。しかし、その論拠として徳満が挙げる理由はいただけない。

徳満の挙げる理由は二つある。家庭内に閉じこもって家事や育児に専念する「狭隘な家庭環境」に身を置いていたのでは、「宮廷内外の緻密な描写や広範囲にわたる話題などを含む『源氏物語』」のような作品は、書けるはずがないという思い込みがまず一つ。それともう一つは、「式部（正確には藤式部）」という女房名が、花山天皇治下の父藤原為時《ふじわらのためとき》の官職名「式部大丞《しきぶのだいじょう》」にちなむとして、寛弘二、三年ころの出仕では、花山朝の崩壊とともに為時がその官職からはずれて、すでに二十年も経過しているのだから、命名としておかしいとの理由である。

里住みの式部が「狭隘な生活環境」に身を置いていたとしても、当時の宮廷社会もまた同じくらい「狭隘な生活環境」であったことを知るべきだ。式部の父為時は、その限られた世界のなかで、なかなか官職にありつけず、汲々とした日々を生きてきた。その姿を、式部は、傍らで目にしてきたはずだ。

第一、源氏物語は、現実の宮廷社会そのままの写しではない。それは式部が頭の中で思い描いた、現実とは次元を異にした、かくあるべき理想の世界なのであって、すぐれて幻想の産物でしかない。
また「越前」や「近江」、「伊勢」や「大和」などの受領名と違って、「式部」という官職名の選択には、儒官出身者としてのプライドが賭けられている。

四．女房の人選を主導したのは倫子だった？

式部の「初出仕」を、倫子と道長との婚儀が成立した永延元年の時点にまでさかのぼらせる徳満の説に対して、通説の強みは、外部資料の不足を補って、『紫式部日記』の記述の内部に、その拠りどころを求めている点だ。

『紫式部日記』の記述の特質として、まず挙げられるのは、自己の存在を場違いなものと捉える、その強烈な新参者意識であろう。早くに安藤為章《ためあきら》（江戸時代の国学者で『紫家七論』の著書がある）は『紫式部日記』の記述の中に、その新参者としての疎外意識を読みとり、「初出仕」を寛弘二、三年ころと想定した。中でも寛弘五年十二月二十九日条に次のような記述のあるのが、決定的な証拠となる。

師走の二十九日に（宮中に）まゐる。はじめてまゐりしも今宵の事ぞかし。いみじくも

（ずいぶんと）夢路にまどはれしかなと思ひ出づれば、（いまでは宮中での生活に）こようなくたちなれにけるも、（その当初の自分に引き比べ）うとましの身のほどやと（いまでは）覚ゆ。

徳満はこの記述を、倫子付きの女房集団から彰子付きのそれへと、寛弘二、三年ころに、途中から「配属を転換させられ」た結果ととらえる。女主人の年齢に見合って、若々しく華やいだ雰囲気をつくり出していた彰子付きの女房集団の中にあって、ひとり老いをかこつ式部の姿を、そこに読み取ろうとするのだ。

だが、倫子付きの女房から彰子付きの女房への、中途からの「配属」の「転換」は、なぜ寛弘二、三年（一〇〇五〜六）の中途半端な時期になされたのか。「配属」の「転換」があったとして、それは、彰子が一条天皇の後宮へ入内を果たした、長保《ちょうほ》元年（九九九）の時点においてこそ、ふさわしいのではないか。

本章では通説通り、「初出仕」は寛弘二、三年ころと考える。その上で、ではなぜ後世になると、式部は倫子付きの女房であったというような伝承が起こったのかと問うてみたい。

その答えは、到って簡単である。彰子が入内した歳は、わずか十二歳。当初は政権獲得の具でしかなかったその幼い少女が、やがて成長し、父道長や母倫子の意向にあらがって、みずからの主体性を発揮するようになるのは、不遇のうちに世を去った中宮定子《さだこ》の忘れ形見で一条天皇の第一皇子敦康《あつやす》親王をおのれの養子に迎えてこれを慈しみ、加えて入内後十年にしてようやく二人の皇子を儲けて後のことである。

彰子は晩年、慈愛に満ちた偉大なる母（ゴットマザー）のようにして宮廷社会を背後から支え、第二世代の人々の世話を一手に引き受けて、懸案の中関白家《なかのかんぱくけ》とのわだかまりを解消し、後宮社会に平和をもたらそうと努力する。そうした彰子の「善意」を汲み取って書かれた作品が、源氏物語だったというのが、歴史学者保立《ほたて》道久が『平安王朝』（一九九六）でいうところの見立てである。

その当否はともかく、少なくとも『紫式部日記』が書かれた寛弘五、六年ころの時点では、彰子はまだ、父道長や母倫子の操り人形でしかなかった。だとしたら、入内して五、六年も経つのに、いまだ一条天皇の寵を得られないでいる娘の身辺に、あらたに侍らすべき女房の人選に、とりわけ深い関心を抱いたのが一体誰であったか、それはおのずと知れよう。

倫子と道長との婚儀にいたる経過は、『栄華物語』に詳しい。宇多天皇の血を引く左大臣源　雅信《みなもとのまさのぶ》は、「后がね（后候補）」として大切に育ててきた娘の倫子と、摂関家の御曹司とはいえ、その末子でしかない道長との婚儀に、当初乗り気ではなかった。「誰《た》れか只今《ただいま》、さやうの口わき黄ばみたる（道長のような頼りない）主《ぬし》たち、（土御門邸の娘のもとに）出し入れては見んとする」という雅信の言葉は、当時一般の常識的見解を代弁したものであったろう。永延元年当時の道長は、兄たちに官位の昇進を抑えられ、右京大夫兼右少将の卑官に甘んずる、い

図 5-1　左京図四条以北（土御門殿と御子左邸の位置）

まだくちばしの黄色い、単なる青二才でしかなかった。

加えて「王統腹（わかんどうり）」という言葉がもてはやされた当時、王族の血筋かそうでないかで、その人の社会的評価は格段に異なる。道長の生母は一介の受領（藤原中正）の娘でしかなかった。だからであろう、「おのこは妻《め》がら（妻の家柄が大

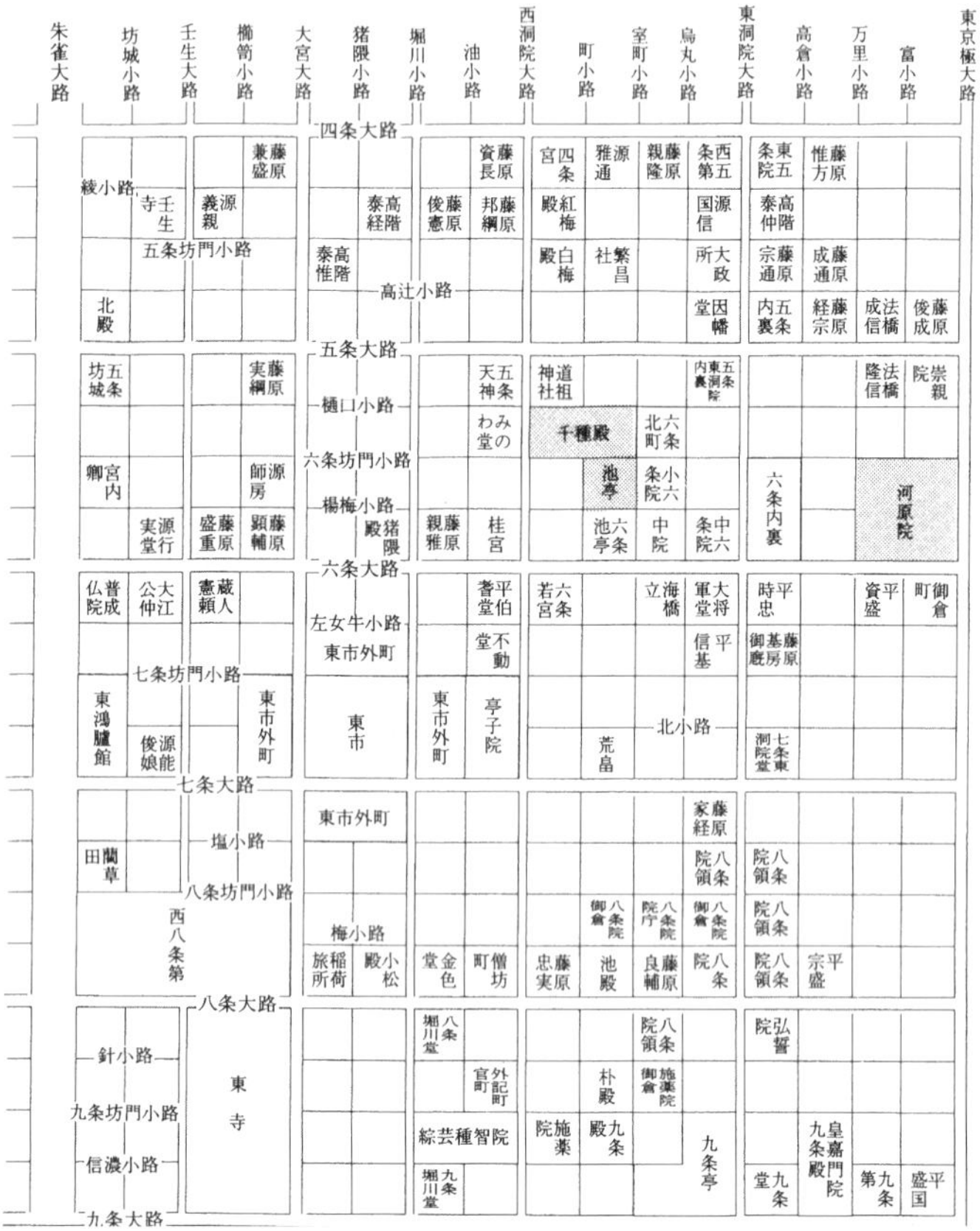

図 5-2　左京図四条以南（六条千種殿と河原院の位置）

切）なり、いとやむごとなき辺《あたり》（高貴な血筋の妻のところ）へ参るべきなり」と常々考えていた道長は、息子たちの婚姻に当たって、尊貴の妻を迎え取ることに、とりわけ熱心であった。

雅信の妻穆子《あつこ》は、その道長の豪胆な人となりに惚れ込み、将来を見込んで、倫子との婚姻を積極的に後押しした。かくして婚儀はつつがなく執り行われ、一条左大臣家では、婿の道長を「いとわざとがましく（たいそう大げさに）、やむごとなく（尊重して）もてなし」たので、道長の父で右大臣の藤原兼家《かねいえ》は、却って痛く恐縮したと『栄華物語』は伝えている。これを要するに、王族出身者と藤原氏も含めた他氏との間には、それほどまでに血筋をめぐる落差の意識があったということだ。

こうした婚儀のいきさつを見るならば、道長は高貴な王族の娘に婿入りすることで、その妻の実家の手厚い庇護のもと、みずからの政権基盤を築き上げる糸口を得たことが理解できよう。だからその栄達の背後には、常に婿入り先の一条左大臣家の後ろ盾があり、その大臣家を背景に、「土御門邸」の女あるじとなった倫子の意向を無視しては、何事もなしえない情況にあった（図5―1参照）。

要するに道長は、女房の尻に敷かれて頭のあがらない、恐妻家だったのだ。

五．影の主人としての倫子

中関白家の不幸を尻目に、娘彰子の入内《じゅだい》を強行した際、それに付き従う女房の人選に倫子が深くかかわったであろうことは、充分に考えられる。そうした中、式部もまた、倫子によって見いだされ、家庭教師のような役柄で、彰子の身辺に送り込まれたのであろう。

もちろん女房としての出仕は、係累としての父為時や、当時「式部少丞《しきぶのしょうじょう》」であった弟惟規《のぶのり》をも巻き込む、一族挙げての奉仕であったから、その人事権を、倫子ひとりが壟断できたわけではない。しかし少なくとも女房たちの品定め（人選）においては、倫子のおめがねにかなうことが不可欠の条件であったろう。

だからであろうか、式部への指示が、表向きの主人である彰子を飛び越えて、陰の主人である倫子から直接下される場合も、時としてあった。たとえば無事出産を終えた彰子の、里邸「土御門邸」から宮中への「還啓《かんけい》」が差し迫った寛弘五年十一月十七日条における、「あからさまに（ほんのちょっとのあいだ）まかでたる（退出した）」、その式部の、里居《さとい》の段での出来事。

物語に没頭した、かつての孤独な里居の生活に思いを馳《は》せ、ひとり物思いにふける式部のもとへ、再び宮仕えの現実に引き戻すべく、彰子の意向を伝える知らせに添えて、次のような倫子の手紙が届けられる。

殿《との》の上（倫子）の御消息《せうそこ》には、「まろ（私が）がとどめし旅なれば、ことさらに（ことのほか）、「急ぎまかでて（退出して）疾《と》くまゐらむ（すぐに戻ってまいります）」とありしもそらごとにて、（土御門邸への帰還が）程ふるなめり」と（倫子が）のたまわせたれば、たはぶれにても（冗談半分だとしても）、さ（急ぎ退出してすぐ戻ると）聞こえさせ、（つかのまの里下がりの機会を倫子が）賜《たま》はせしことなれば、かたじけなくて（私は急ぎ）まゐりぬ。

この手紙の文面の、見ようによっては皮肉とも、嫌味ともとれる、もってまわった言い回しはどうか。これらの言い回しをどう読むか。それは、両者の関係を、どのようなものとして捉えるかに懸かっている。

言うまでもなくこれは、単なる冗談めかした社交辞令などではない。両者の間には明らかに主従としての支配・被支配の権力関係が介在しており、そのことは、手紙を受け取った式部が、取るものも取りあえず、急ぎ「土御門邸」へと立ち戻っていることからも窺える。要するにこの文面は、「わがままもいい加減にして、即刻、立ち戻って参れ！」との、有無を言わさぬ帰還命令に他ならないのだ。
もうひとつ、寛弘五年九月九日の重陽の節句にちなんだ、「菊のきせ綿」の段はどうか。萩谷朴もすでに指摘しているように、ここでも倫子の物言いからは、式部に対する悪意が感じ取れる。

九日、菊の綿《わた》を、兵部のおもとの持て来て、「これ、殿《との》の上（倫子）の、（式部のため特別に）とりわきて。「いとよう老いのごひ捨て（拭き取り）たまへ」と、（倫子は）のたまはせつる」とあれば、

菊の露　わかゆばかりに（私は）袖ふれて　花のあるじ（である倫子）に　千代（長寿）はゆづらむ

とて、（歌を）返したてまつらむとする程に、「あなたに（倫子は）帰りわたらせたまひぬ」とあれば、用なさに（役にたたないので歌を返すのを）とどめつ。

彰子付きの年若い女房たちの、その華やいだ雰囲気の中に立ち混じって、ひとり年老い

た式部の存在（四十歳になっていたであろう）は、いかにも場違いなものであった。そうした中、式部を名指しで、「いとよう老いのごひ捨て（拭き取り）たまへ」と菊綿を下賜した倫子の、そのなんとも底意地の悪い行為を、このとき式部はどう受け止めたか。「わたしをわざわざリクルートしてきて、場違いなこの集団の中へと投げ込んだのは、倫子よ、あなたではないのか。ならば、その悪意に満ちた底意地の悪い行為をそのままに、わたしよりは年寄りのあなたに、そのままお返ししますよ」という返し歌ではないのか、これは。

もっとも、倫子が別室（西隣の鷹司殿か）へ帰ってしまったことで、歌は宙に浮いてしまい、相手の底意地の悪い行為に、その場で一矢報いることはかなわなかったのだが、ここにこうして文章として書き残すことで、ここでもまた「江戸のかたきを長崎で討つ」の便法を用いて、それこそ「ひかれ者の小唄」よろしく、やり返そうとしているのである。

六．即自的存在者と対自的意識のはざまで

ずいぶんと遠回りをしてきたが、ここで再び最初の問いに立ち返って、「消息文」の中にみえる先の一節の解釈問題に戻ろう。

くせぐせしく、やさしだち、恥《は》ぢられたてまつる人に、そばめたてられで侍らまし。

いくらか言葉を補足すれば、この一文の叙述の裏には、以下のような思いが籠められていると読める。

みずからの保身のため、上辺だけ平静をよそおい、うすのろのお馬鹿さんの振りをして見せる私の巧妙な立ち居振る舞いに、周囲の人々（外なる他者）は大抵だまされてしまい、この私を見くびって、安心しきっている。中でも素直で幼い彰子などは、もうすっかりだまされて、私を信頼しきっているし、それはそれでよいと私は思う。

しかし、そんな私の姿勢――すなわち過剰な自意識を内に抱え持ちつつも、それをひた隠しに隠して、表向きはあたかも即自的な存在であるかのようにふるまう態度――を見透かすような、倫子のあの突き刺すようなまなざしが、なんとも目障りだ。この私の、幾重にも屈折した内面を、倫子のような底意地の悪い同類（内なる他者）に、透かし見られてはたまらない。隠せ、隠せ、隠しおおせよ。「（漢数字の）一といふ文字をだに（さえも）書きわたし侍らず」、「御屏風の上に（漢字で）書きたることをだに（さえも）読まぬ顔をし」続けよ、と。

以上に述べた問題点を整理すれば、こうである。

『紫式部日記』の中には大きく分けて、ヘーゲルが、そして実存主義をとなえたサルトルがいうところの即自的な存在者（式部にとっての外なる他者）と、対自的な意識の持ち主（式部にとっての内なる他者）との、二種類の人間類型が見いだせる。式部自身はといえば、他のまなざしの下に映しだされた「対他的＝即自的」存在者としての自己像（うすのろのお馬鹿さん）への違和感から、対自的な意識を極端なまでに肥大化させた、自意識過剰の存在者の位置づけにあり、そうしたおのれを持て余しつつ、自己嫌悪に苦しんでいる。そしての苦しみを理解し見通すことのできるのは、同じように対自的な意識を抱え持った存在者（内なる他者）だけであるのだが、『紫式部日記』の中でそうした位置づけにあるのは、唯一倫子だけだった。

しかし、対自的意識を抱え持った自意識過剰の存在者は、そうした自己を嫌悪しているのだから、自己の同類（内なる他者）をも同じく嫌悪する。かくして式部と倫子とは、互いに「似たもの同士」として、相手の中に嫌悪すべき自己像を透かし見て、近親憎悪の関係しか取り結ぶことができない。

一方、即自的な存在者（外なる他者）に対しては、式部の反応は両面価値的である。その時々の喜怒哀楽に身をまかせ、いまだ即自的なレベルを抜け出られない、自己中心的で他者への配慮を欠いた人々の存在は、式部にとって、憎悪の対象でなければ、侮蔑の対象でしかない。たとえば清少納言に対する、その辛辣な評価は——あくまでも式部のまなざしの下にとらえられた「対他的」存在者としてのそれとして——、いまだ即自的なレベルにとどまって屈託なく振る舞う（ように見える！）、人を人とも思わぬ（ように見える！）、はなはだ傲慢な（ように見える！）その態度に向けられている。

「したり顔（自信たっぷりの得意顔）にいみじう（たいそう）侍りける人」、「人にことならん（自分は特別な存在である）と思ひこのめる人」、「（風流ぶって異性関係に）艶になりぬる人」である清少納言は、式部が日ごろから、そのあつかいに苦慮している、「物もどきうちし（相手の言葉に異をとなえて）、我は（自分こそが正しい）と思へる人」、「わが心の立てつる筋（自分の意見）をとらへて（固執して）人をばなきになす（人の意見を一方的に否定する）」ような、困った人たちと同類であり、そうした即自的な態度にとどまる（ように見えてしまう！）限り、式部にとっては憎悪の対象か、でなければ侮蔑の対象でしかない。

「（相手に対し）われまさりていはんと、いみじき言の葉（相手を傷つけるような激しい言葉）をいひつけ、（互いに）向かひゐてけしきあしう（険悪な様子で）まもりかはす（にらみ合う）」

のと、「さはあらず（自分の感情を）もてかくし、うはべはなだらかなるとのけぢめ（態度振る舞い）ぞ、（その人の）心のほどは見え侍るかし」というわけなのだ。

だがその一方で、いまだに無垢であり、その純朴さを失わないでいるそうした人たち（外なる他者）は、自分にはないものを、自分が既に失ってしまったものを、いまだに保持しており、それゆえに、慈しみや憧れの対象ともなる。彰子や小少将の君にそそがれる式部の、あたかもおさなごを見るかのような、その慈愛に満ちたまなざしは、式部の両面価値的な反応の、一方のあらわれと見ることができよう。

『紫式部日記』は、一方の極に対自的意識の極北とも言うべき「倫子」の存在を見すえ、もう一方の極には、いまだ即自的存在にとどまる「彰子」や「小少将の君」、そして「清少納言」の姿を見すえて、他者のまなざしの下で「対他的＝即自的」にふるまわねばならないみずからの存在を、その両極の間に宙づりにする作品なのだと、とりあえずは押さえておきたい。

そして、このように見てくると、いささか逆説めく物言いとなるが、『紫式部日記』という作品は、互いに「似たもの同士」の倫子その人を宛先人に想定し、この、ここの、こなたの「わたし」から、その、そこの「そなた」へと直接向けて、「消息文」の形式を借りつつ書きあげられた、式部による半公的な「私信」であった可能性が、なくもないのだ。
その「私信」が、倫子のもとへ実際に届けられたかどうかは、ここでは問わないとして、
こうした作品の構造に照らし見て、紫式部倫子女房説という言い伝えもまた、後世行われるようになったのではあるまいか。

第三幕

「翻訳」の試み

キーワード：州浜・大内記・アナクロニズム

問題の所在――「水辺」へのあこがれ

作者紫式部が、作品の中ほどで「六条院」を構想するに当たって、なにをモデルとしたかについては、中世の源氏注釈書以来、さまざまな説が行われてきた。「六条京極のわたりに、中宮の御旧《ふる》き宮（六条御息所の旧邸）のほとりを、四町《よまち》を占《し》めて造らせたまふ」とあるその地名表示から、なかでもっとも有力視されているのが、左大臣 源 融《みなもとのとおる》の「河原院」である。

だが、「河原院」はその名の示す通り、賀茂川の河川敷に位置して、邸宅を構えるに適した場所では、まったくない。氾濫時には、幾度となく賀茂川の流路となったであろうことが、一段低く落ち窪んだその地形的特性から、今でも実地に確かめることができる。
度重なる賀茂川の氾濫に悩まされた当時のミヤコの様子を、慶滋保胤は『池亭記』の中で次のように記す。

あるいは東河《とうか》の畔《ほとり》に卜《ぼく》して、若《も》し大水に遇《あ》へば、魚鼈《ぎよべつ》と伍《ともがら》たり。〈中略〉比年《ひねん》（毎年）水有り、流溢《あふ》れて隄《つつみ》絶えぬ。防河《ばうか》の官（堤防補修の任に当たる役職）、昨日はその功を称され、今日はその破れに任《まか》す。洛陽城の人、殆《ほとほと》魚と為るべきか。

鎌倉初期成立の説話集『宇治拾遺《うじしゅうい》物語』巻十二の十五「河原院融公の霊住む事」によれば、源融は「河原院」を造営し、その邸内に賀茂川の水を引き込んで、塩釜の景を模すなどして楽しんだとされる。
賀茂川の水を引き込むなど、とんでもない。事情はまったく逆で、庭造りの際に「借景」という技法が使われたりするが、自然のままの賀茂の河原を、巨大な「州浜《すはま》」に見立て、その傍らにささやかな邸宅を構えて、壮大な自然の景物を、あたかも邸内に取り込んだかのようなふりをしただけだ。

同じような事例として、宇治の「平等院」が挙げられる。宇治川の河原に直接面して、目の前に広がるその自然の景物を、広大な「州浜」に見立てることが、当初は意図されたらしい。だが洪水のおそれから、今では堅固な堤防に隔てられ、ささやかな水辺空間を、浄土庭園として邸内に囲い込むかたちをとっている。

原瑠璃彦『州浜論』（二〇二三）によれば、「州浜」と呼ばれた水辺空間への、当時の人々の憧れは、神仙思想に基づくものであった。その起源をさかのぼれば、海から陸へと上った人類の祖先の生物学的な記憶にまでさかのぼれるのかも知れない。が、それはともかく、水辺空間は神の降臨する場

図6　河原院近傍ジオラマ（賀茂川の流路跡が大きく西側へ食い込んでいる）

所として神聖視され、中国唐の文化の影響を受けて、平安時代の前期には、それは神仙思想のかたちで受け止められた。

やがて仏教思想の浸透とともに、「州浜」は浄土庭園のかたちを採るようになる。「平等

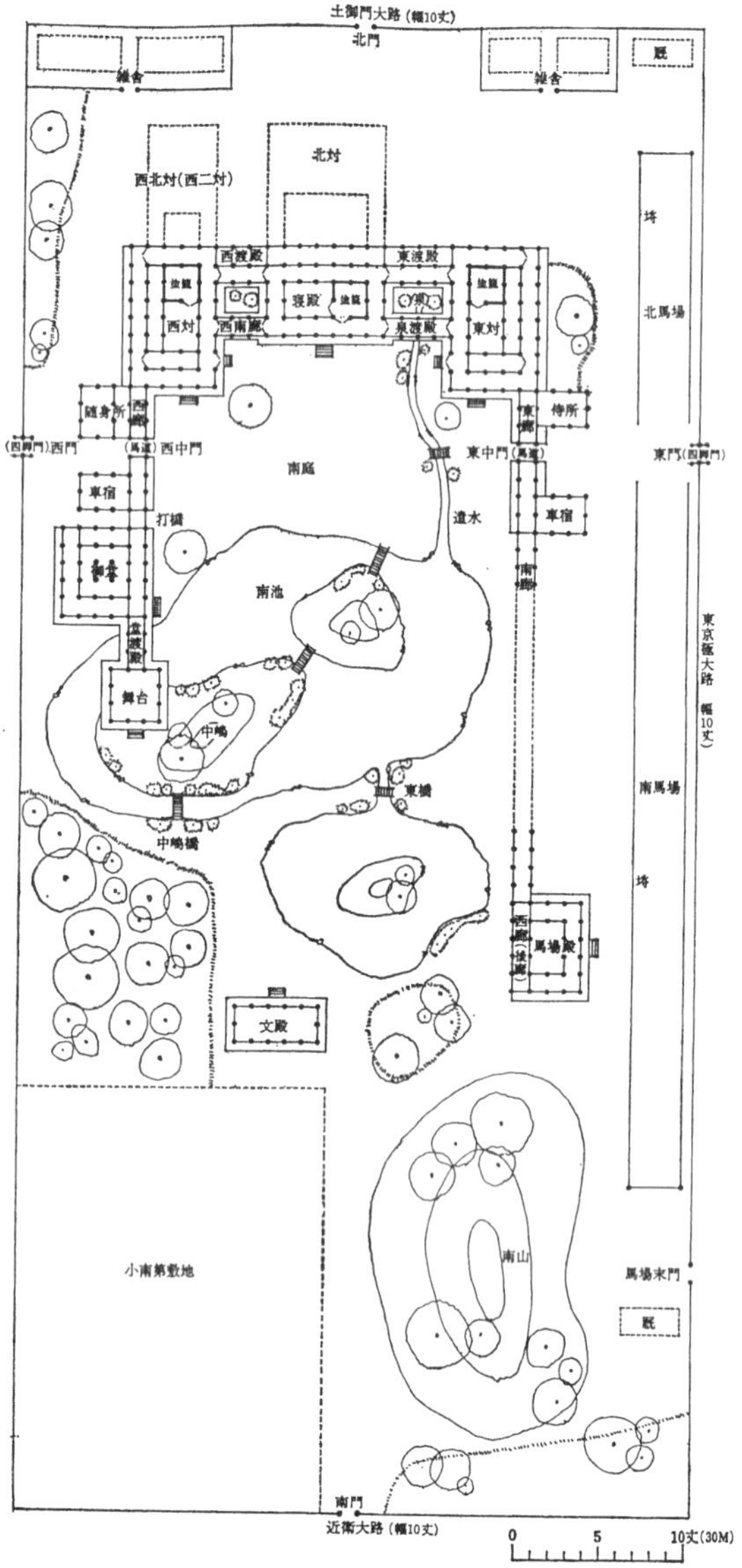

図７　土御門殿推定図

院」はその典型的なあらわれなのだ。「河原院」や「平等院」のように、手つかずの自然を「州浜」に見立て、それをそのまま取り込むのは、さすがにやりすぎだ。だが、丑寅（東北）の方角から遣水《やりみず》を引いて、邸内の南に大きな池を穿ち、その中に島を浮かべる寝殿造りの造作もまた、実はこの「州浜」への憧れに根ざすものであった（図7参照）。

　聖なるものの立ち顕われる水辺空間を邸内に取り込み、庭園として占有し、私物化するための指南書として、平安末期成立の『作庭記《さくていき》』がある。それによれば、寝殿やそれに付随する対の屋などの建物配置はあと付けにすぎず、主役はあくまで、水辺空間としての池なのであった。だからであろう、邸内に設けられた池の結構をたたえて、兼明親王は『池亭記』を書き、慶滋保胤もまた『池亭記』を書く。

図8-1　州浜台（菊慈童）

　立地条件が悪くて、そうした水辺空間が得られない場合は、どうするか。「州浜台（もしくは島台)」と呼ばれる大きな盤の上に、ミニチュア化された水辺空間を、それこそ箱庭療法よろしく、人工的に創り出してしまえばよい。これならどこへでも持ち運びが可能で、しかも手間もお金もかからない。

作り物のその池の中には、蓬莱山をかたどった中の島を設け、鶴や亀などのミニチュア模型が添えられて、年中行事の祝の席に欠かせない引き出物として、おおいに珍重された。「州浜台」を、そっとのぞき込むとき、人はそこに、現実とは次元を異にした、神仙世界へと拓かれていく光景を、透かし見たのだ(図8−1参照)。

ちなみに「州浜」と名付けられた和菓子があって、「州浜台」をかたどったものや(口絵図版参照)、水辺の「葺石《ふき》」をかたどったものなどがあり、今でも賞味できる(図8−2参照)。

図 8-2　京菓子「すはま」(京菓子司 金谷正廣)

「河原院」が「六条院」のモデルだとして、賀茂川の河川敷というその立地条件からして、「四町」におよぶ豪壮な邸宅など、建てようはずもない。中でも辰巳(東南)に位置づけられた光源氏の本邸「春の町」は、賀茂川の氾濫原に当たっており、当時そこは、河原の石がゴロゴロ転がる不毛の地であった。だが、紙の上だけのフィクションであるのなら、それは人工的に造られた「州浜台」みたようなものだ。

源氏物語が書かれた当初、人々はそのことをよく知っていて、あくまでもフィクションとして、「六条院」世界のあれこれを、あたかも「州浜台」をのぞき込むようにして楽しんだのに違いない。

一・「文選読み」としての「六条院」

そもそも源氏物語における「六条院」のフィクション性は、二重化されていて、今まで述べてきたように、それが賀茂川の河川敷に位置しており、邸宅立地としては地勢的に不適格であるにも関わらず、あえてその地が物語の舞台として選び採られた点がまず一つ。

そして二つ目は、あるべき理想の「住まい」のあり方を求めて書かれた、それ自体フィクションであるところの先行作品、すなわち白楽天に始まり、兼明親王から慶滋保胤へとつらなる「終の棲家」の系譜を踏まえ、それに屋上屋を架すようにして「六条院」が構想された点に、その二重化されたフィクション性が見てとれる。

源氏物語の先行作品として『宇津保物語《うつぼ》』（その作者は男性とされる）があり、そこに見える源正頼《まさより》の「三条の宮」や、源涼《すずし》の「吹上《ふきあげ》の宮」（言うまでもなく、これ自体もフィクションである）を、「六条院」のモデルとする説も行われている。たとえば正頼邸のしつらえを、『宇津保物語』の「藤原の君」の巻では次のように記す。

御母后の宮、三条大宮のほどに、四町にて、いかめしき宮あり。おほやけ（朝廷は）、修理職《すりしき》に仰せたまひて、左大弁を督《とく》して、四町のところを四つに分ちて、町一つに、檜皮のおとど、廊、渡殿、蔵、板屋など、いと多く建てたる、四つが中にあたりおもしろきを、（母后の大宮自身が住まう）本家の御料に造らせたまふ。

そこはやがて、「あて宮」求婚譚の舞台ともなる重要な邸宅で、四町を占めて造られたことは確かに光源氏の「六条院」と共通する。とはいえ場所は「三条大宮」と、ミヤコの中心部に位置する点が大きく違っている。そしてなにより、「終の棲家」との系譜的つながりが、正頼邸ではたどれない。

これについては、帝のご落胤である源涼のため、祖父の神南備《かむなび》種松が内裏に模して造営した「吹上の宮」についても同様である。そもそも「吹上の宮」は、紀州和歌山にあってミヤコにない。「六条院」とも共通するその四方四季のしつらえについては、民俗学などの立場からさまざまなことが言われている。しかし「少女」の巻の当初から、その構想に組み込まれていたであろう「終の棲家」としての系譜的つながりを、そこに見てとることはできない。

「六条院」の先行モデルを、源融の「河原院」や『宇津保物語』の正頼邸などに見てとる説に、必ずしも異を唱えるものではない。だがそれでは足りないものを、新たに漢学者たちの系譜につなげることで補っていく必要がある。

第一幕「「終の棲家」を求めて」で既に示唆しておいたように、白楽天に始まる「兼済」と「独善」のふたつの生き方の、その双方を、ふたつながらに実現すべき理想の「住まい」のかたちをひたすら追い求めた漢学者たちの系譜に、「六条院」を位置づけること、中でもその最後尾に位置する保胤の『池亭記』を、紫式部が生きた同時代作品として、その内容が「少女」の巻における「六条院」造営に与えたであろう影響を検証することに、ここでの狙いは定められる。

ところで、平安末期から院政期にかけ活躍した漢学者に大江匡房《おおえのまさふさ》がいて、その談話集

『江談抄《ごうだんしょう》』では、次のような話が語られている。菅原道真《みちざね》の詩集『菅家後集《かんけこうしゅう》』に採られた詩の一節に対する、その注釈というかたちをとった話である。

> 「東行西行雲眇々　二月三月日遅々」菅家後集　楽天の北窓三友の詩を読む
> この詩は後代に及び、菅家の室家（妻女）、北野に参らしめて（この詩を）詠ぜしむる間、天神、教へしめて曰く、「とさまにゆき、かうさまにゆき、くもはるばる。きさらぎ、やよひ、ひうらうら」と詠ずべしと云々。（『江談抄』巻四所収）

道真の末裔に当たる、菅原家のいずれかの妻女が、北野社に詣でたとき、わざわざ道真の神霊が立ちあらわれ、みずからの漢詩を、より身近なものとするため和語（やまとことば）にうつしかえ、その「訓読み」のしかたを、伝授したというものである。

極端にまでやわらげられた、その和語の表現からは、なんだかのんびりと間延びした世界がひろがってくる。だが言うまでもなくこの詩は、遠く九州の大宰府へと左遷され、家族たちそれぞれが、別々の配所へと送られて、ちりぢりバラバラになった際に詠まれた、悲痛の叫びなのであった。

それと同じに本幕では、『池亭記』のある種の訓読みとして、その〈翻訳〉でもあり〈翻案〉でもある試みとして、「少女」の巻での「六条院」造営を位置づけたい。たとえば「豺狼（サイラウ）のおほかみ」とか、「蟋蟀（シッシュツ）のきりぎりす」などのように、漢語の読みに和語をあて、これをそのまま訓読みして享受する「文選読《もんぜんよ》み」のようにして。

二・当初の構想に「六条院」はなかった？

「六条院」造営のことは、「少女」の巻に至って初めて見える。先に見たように、これについては、明石の地から上京してきた明石の御方の母娘を迎えとることが、その最大の理由として述べられ、また紫上の父式部卿宮の五十賀を盛大に執り行うべく、その造営を急がせたことが併せ示されていた。だがなぜ「少女」の巻であったのか。そもそも「少女」の巻とは、どのような巻なのか。

これについては、当初の構想に「六条院」はなかったとする説を、越野優子が唱えていて、興味深い。源氏物語の異本のひとつ「国冬本《くにふゆ》（津守国冬所持本）」の「少女」の巻は、里邸の「二条院」に「二条東院」を増設し、それでも足りなくて、光源氏は「二条京極」に新たな邸宅（一条京極に位置した道長の土御門邸が近くにあり、それをモデルとしたか）を構えたとする驚くべき本文を伝えている。

大殿（光源氏）、忍ぶる御すまひなども、同じくは広く見どころありてしなして、ここかしこの（母娘が別れ別れで）おぼつかなき山里の人（明石の御方）などもつどへ住ませんとおぼして、二条京極あたりに良き町を占めて、古き宮のほとりに造らせ給へり。

「六条京極」ではなく「二条京極」に、また「四町を占めて」が「良き町を占めて」となっていることに注意したい。ならば「古き宮のほとり」とあるその「古き宮」は、必ずしも六条御息所の旧邸である必要はなくなる。その娘の秋好中宮とも関係しなくなる。個々の字句が、写本の過程で誤写された可能性をはるかに超え出て、これはこれで、ひとつの独立した文章としての整合性が保たれている。

異本とはいえ、こうした奇っ怪な文章が残されたのはなぜなのか。『紫式部日記』には、無事出産を終えた中宮彰子が、内裏に「還啓《かんけい》」する準備で忙しい土御門邸での、次のような出来事が記されている。

局《つぼね》に、物語の本ども（自分の里邸に）とりにやりて（局に）隠しおきたるを、（私が中宮さまの）御前《おまえ》にある程に、やをら（突然道長が）おはしまいて、（その本を）あさらせたまひて、みな内侍の督《かん》の殿（後に三条天皇の后となる妍子《きよこ》で、このとき十五歳）にたてまつり給てけり。よろしく書きかへたりし（丹念に推敲をほどこした本文）はみなひきうしなひて、（まだ未成稿の段階にある不完全な文章の方が出回って）心もとなき名（不本意な評判）をぞとり侍りけんかし。

「国冬本」の本文が、それに当たるわけでは、必ずしもないだろう。しかし、物語の写本が、当時どのように流布したのかを伝える貴重なエピソードとなっており、藤原定家《ていか》によって鎌倉初期に校訂され、現在では、もっとも由緒正しき本文とされている「青表紙本《あおびょうしぼん》」へと諸本が統合され、整序される以前は、個々の巻ごとに、新たな物語の展開へ向け、さまざまな可能性へと拓かれた、いくつもの本文があったのかも知れない。

これについて越野は、「我々が見るのとは異なる源氏物語が次々と、一つの独立した物語として読みうる形に自立することが可能になるならば、数多の源氏物語の存在がこの物語の豊かな真の姿なのである」と述べている。もしかしてそのように考えられるのなら、いくつもの「可能態の物語」（高橋亨のことばで、これについては後述する）の中から、最終的に「六条京極のわたり」（「二条京極」ではなく）が選び採られてくるその経緯を明らかにすることが、次なる課題として浮かび上がってこよう。

一般に流布する「青表紙本」の「少女」の巻は、大きく分けて三つの話題から成り立っている。直前の「薄雲《うすぐも》」や「朝顔《あさがお》」の巻を受け、結婚拒否をつらぬいて唯一光源氏を受けいれなかった朝顔斎院とのやりとりが、後日譚のようにごく簡単に触れられたあと、話題は転じて、「大殿腹《おほとのばら》（葵上）の若君（夕霧）の御元服のこと、おぼし急ぐを」とあるように、成人年齢を迎えた子息夕霧の、大人の世界へと参入するための試練が、学問修養《ディシプリン》というかたちで語りだされてくる。

これには通過儀礼としての意味合いもあって、母方のいとこで幼なじみの雲居雁《くもいのかり》との恋の成就を、親の世代の光源氏や内大臣（雲居雁の父）によって妨げられ、学問の世界での研鑽を積んで、応分の地位にたどり着くまで、当分のあいだ先延ばしにされる経緯が語られる。

念願かなって雲居雁との婚儀が執り行われるのは、ようやく「藤裏葉」の巻に至ってであり、それまでの四年間を鬱々と楽しまぬまま、夕霧はこれ以後、新たに造営された「六条院」の世界を、その内部からあちこち見て回る視点人物の役割を担わされる。

「少女」の巻では、そのうちの最初の一年間、式部省が課す「省試」に及第して侍従《じじゅう》（中務省の三等官）に任官し、「六位」の地位からようやく抜け出すところまでが語られる。そして末尾に至って、あたかも取ってつけたかのように、光源氏による「六条院」造営のことが語り起こされる。

それら三つの話題の比率はといえば、ページ数に換算して、一対二〇対三である。したがって「問い」は次のように立てられなければならない。朝顔斎院とのやりとりは、前の巻を受けた、そのあと処理だからこれを除外するとして、「少女」の巻の大半を占めて事細かに語られる夕霧の学問修養の過程と、そのあとに取ってつけたように語りだされる「六条院」造営についての記述は、いったいどのように係わるのかということ、これである。

三．夕霧の師「大内記」に保胤の影を見てとる

十二歳の元服年齢を迎えた夕霧は、父光源氏の、「大学の道にしばし習はさむの本意《ほい》（意図が）はべるにより、いま二三年《ふたとせみとせ》を（官位の昇進を望めない）いたづらの年に思ひなして、おのづから朝廷《おほやけ》にも仕うまつりぬべき（実務能力の）ほどにならば、いま（一人前の）人となり

はべりなむ」との方針で、「六位」の位に留めおかれる。

二世源氏の夕霧は親王ではないし、親王の子でもない。とはいえ母方の祖母は光源氏の父桐壺帝の妹宮との設定で、作中では「大宮」と呼ばれており、その溺愛する夕霧が元服加冠する際には、「四位になしてんと（大宮は）思《おぼ》し、世人もさぞ（当然そのように）あらんと思へるを」とあるように、その高貴な血筋の縁故（いわゆる「蔭位の制」の優遇措置である）で、親王の子と同じ待遇の「従四位下」に叙されてもおかしくはなかった。だからこそ、思惑違いの「（このたびは）浅葱《あさぎ》にて（かつて童殿上していたその）殿上《てんじやう》に（夕霧が）還《かへ》りたまふを、大宮は飽かずあさましきこと（ひどいこと）と思したるぞ、ことわりにいとほしかりける（おいたわしいことである）」ということになる。

この「六位」への任官に、「六位など人の侮《あなづ》りはべるめれば」と不本意な思いをつのらせる夕霧をめぐっては、「浅葱《あさぎ》を（夕霧は）いとからしと思はれたる」とか、「（夕霧は）浅葱の心やましければ」などとあるように、そのいまわしい朝服《ちょうぶく》の色についての思いが、くりかえし示される。

「四位」への任官も不可能でなく、ましてや「五位」への任官（その朝服は緋色である）があたりまえの夕霧を、あえて「六位」の地位にとどめおく、こうした「少女」の巻の工夫は、何に基づくのか。
いささか唐突と受け止められるかもしれないが、そこに慶滋保胤の『池亭記』からの強い影響を見ておく必要がある。例の「兼済」と「独善」の理想の暮らしをいう文脈で、その着衣の色についての記述が、『池亭記』に次のように見える。

予《われ》、出でては青草の袍《うへのきぬ》（六位相当の朝服）有り、位卑《ひく》しといへども職なほ貴し、入りては白紵《はくちょ》（染めないままの麻）の被《ふすま》有り、春よりも暄《あたた》く雪よりも潔《きよ》し。

『池亭記』でも強調されるように、六位の朝服の色は「浅葱」であり、その色をめぐっての印象的なエピソードが、このあと「少女」の巻では語られてくる。雲居雁付きの乳母の、「もののはじめの（いちばん下っ端の）六位宿世よ」との嘆きの言葉を耳にして、夕霧がくやし涙にくれる場面がそれだ。

男君（夕霧）は、我をば位なしとて（雲居雁の乳母は）はしたなむ（けなす）なりけりと思すに、世の中恨めしければ、（久しぶりに雲居雁と逢えた）あはれもさむる心地して（気

にくわず）めざまし。「かれ（乳母の悪口を）聞きたまへ、

くれなゐの　涙のふかき（私の）袖の色を　あさみどりにや　言いしをる（ゆがめる）

べき」

『宇津保物語』の「あて宮」求婚譚に登場する漢学者の藤英《とうえい》（藤原季英《すえふさ》）も、しばしば「紅の涙」を流す。それは漢籍文献でよく用いられる、ごくありふれた定型表現で、藤英の場合、くどいほどに、ほとんど常套句とまでなって、滑稽に描かれる。だが「六位」の朝服の色との対比が言われることはついぞない。

むしろ紫式部の父為時が官職を望んだ際に提出した、有名な申文《もうしぶみ》の一節、「苦学の寒夜、紅涙袖《そで》を霑《うるお》す、除目《じもく》の春朝、蒼天眼《まなこ》に在り」の、「紅涙」と「蒼天」の対比を思い浮かべるべきであろうか。

それはともあれ、大学入学をひかえて課せられた予備試問を、夕霧はつつがなく終え、そのめでたい宴席の場で、師としての功労をほめたたえられて上機嫌の「大内記」の様子を、「少女」の巻はまた、次のように記す。

大将（夕霧の伯父に当たる人物）盃《さかづき》さしたまへば、いたう酔ひ痴《ゑし》れてをる（大内記の）顔つき、いと痩《や》せ痩せなり。世のひがもの（ひねくれもの）にて、才のほどよりは（世に）用ゐられず、すげなくて身貧しくなむありけるを、（源氏は）御覧じうるところありて、かくとりわき（夕霧の師として）召し寄せたるなりけり。身にあまるまでの御かへりみ（源氏からの恩恵）を賜《たまは》りて、この君（夕霧）の御徳にたちまちに（日の当たる境遇へと）身をかへたると思へば、まして行く先は（他に）並ぶ人なきおぼえ（夕霧による優遇が将来期待される）にぞあらんかし。

保胤の風貌を目の当たりにして、それを寸分たがわず写し採ったかのような、いかにもらしい人物造形ではあるまいか。保胤は長らく「内記」の職にあって「先中書王」と呼ばれた兼明親王の信任厚く、その兼明から中務卿（その唐名が「中書王」である）の地位を引き継いだ「後中書王《のちのちゅうしょおう》」具平《ともひら》親王に対しては、その学問指南役（侍読）として親しく交わった。それもあってか、「内記上人」といえば保胤のことを指し、当時はその呼称が、固有名詞化して、人々のあいだで広く流布していた。

ならば「少女」の巻で夕霧が師事したとされる「大内記」に、この保胤の姿を重ね合わせて読むこともできるはずだ。「内記」は中務省の四等官で、大、中、少にわかれ、保胤は最終的に「大内記」へと至っている。朝服の色はいうまでもなく「浅葱」である。

なお『宇津保物語』には、例の藤英が「大内記」として登場してきており、盛んに「紅の涙」を流すことについては、既に触れた。その藤英からの影響も無視できず、それを否定するものでは必ずしもない。そうではなく、数ある先行モデルのひとつに、同じく「大内記」であった保胤も、足し加えたく思うのだ。

「少女」の巻の「大内記」に、もしかして保胤の姿を透かし見ることができるのなら、それを師として学問修養に励む夕霧には、具平親王の姿が投影されていると見てあやまりない。しかもここには、ひそやかな皮肉が忍び込ませてある。例の藤英であるが、『宇津保物語』の「祭《まつり》の使《つかい》」の巻でその才を見いだされた後、とんとんびょうしに出世して、物語の最後では右大弁《うだいべん》、参議にまで進み、公卿の列にまで加えられている。

しかし、「まして行く先は（他に）並ぶ人なきおぼえ（夕霧による優遇が将来期待される）にぞあらんかし」と記しておきながら、源氏物語ではその後、夕霧の師となったこの「大内記」について、なんらの言及もない。つまるところこれは、単なる「から手形」の、読者へ向けたリップ・サービスみたいなものなのだ。

四．漢学者群像、もしくはおどけの道化芝居

そもそも「少女」の巻は、「逼《せま》りたる大学の衆」を登場させることで、なんとも場違いな時代錯誤のアナクロニズムを物語世界の中に持ち込んで、おどけの道化芝居を演じてみせる巻でもあった。

「家より外《ほか》にもとめたる（借りものの）装束どもの、うちあはず（寸法が合わず）かたくなしき（偏屈で見苦しい）姿などをも恥なく」と記されるように、漢学者たちは総じて貧しく、それでいてプライドばかり高いひねくれものばかりで、漢語まじりのその特殊な言葉遣いからして滑稽であり、およそ王朝物語のみやびな世界には似つかわしくないキャラクターなのである。

夕霧の大学入学に際し、ぞろぞろとその場に集まってきた漢学者たちのなんとも異様で奇っ怪な姿を、「少女」の巻は、次のように描きとる。

かしがましう（騒々しく）ののしりをる顔どもも、夜に入りては、なかなか、いますこし掲焉《けちえん》なる（はっきりとあかるい）灯影《ほかげ》に、猿楽《さるがう》がましく（道化のように）わびしげに（貧

相で）人わろげなる（ひねくれた性格）など、さまざまに、げにいとなべて（通常の様子）ならず、さま異なる（異様で狂気じみた）わざなりけり。

「猿楽がまし（道化のようだ）」と揶揄されたその集団のなかに、「まめやかに、才深き師」として、後に夕霧の学問指南役を仰せつかる「大内記」の姿も、当然のこと、立ち混じっていたことであろう。

道化は自分では笑わない。何事につけひたむきで、それがあまりに度を越していて、周囲の感覚からずれてしまう。それゆえにまた、人びとの笑いを誘うのである。平安末期成立の説話集『今昔物語集』巻十九の三「内記慶滋の保胤出家の語《こと》」が伝える保胤の奇矯なふるまいに、端的なかたちでそれが見てとれる。

「六条院に、只今参れと（親王が）召しければ」とあるように、当時保胤が家庭教師をしていた後中書王具平親王の「六条院（六条千種邸）」へ呼ばれたことから話は始まる。具平親王の待つ「六条院」へと向かうその途次での保胤の、なんとも珍妙なふるまいが、迎えに遣わされた「舎人《とねり》」のまなざしを通して語られるのだ。

保胤を乗せた馬が、文字通り道草を喰うのをそのままに、素知らぬふりで、なかなか歩みを進ませようとしない。たまりかねた「舎人」が、馬の尻に鞭をくれると、そのふるまいを狂ったように非難し、もしかして亡き父母の生まれ変わりであるかもしれないこの馬に鞭を打つなど、とんでもない罰当たりで、「不孝」の罪に当たると、延々と説教を聞かされる。

道すがら卒塔婆のあるのを目にすると、そのたびごとにあたふたと、ころがり堕ちるように馬から降り、地べたに平伏してこれをうやうやしく拝することしきりで、その常軌を逸したふるまいに、「舎人」はあきれて、ものも言えない。

「卯《う》の時（午前六時ころ）より、申《さる》の時の下る程（午後五時過ぎ）にぞ、六条の宮にや着きたりける」とあるように、ほんの二時間ほどの道のりを、あれやこれやでなんと十二時間以上もかけて、ようやく具平親王の待つ「六条院」へとたどり着く始末。さんざんな目に合った「舎人」は、保胤のお供は二度とごめんだと、次のように語ったという。

此《こ》の舎人男、「此《こ》の聖人（保胤）の御共には、今より不参《まゐら》じ、心もと無かり（じれったい）けり」となむ云ひける。

「少女」の巻の「六条院」が紙の上だけのフィクションであるのなら、保胤が家庭教師としてしばしば通った具平親王の「六条院（六条千種邸）」も、そのモデルのひとつとなった可能性が極めて高い。

そこは当時、不遇をかこつ漢学者たちが常時つどい、互いの親交をあたため合う文化拠点のようなおもむきを呈していた。紫式部も父為時に連れられて、具平親王のこの六条千種邸を訪れたことがあったかもしれない（図5–2参照）。父為時と夫宣孝は、ともに具平親王に家司《けいし》として仕えた同僚同士でもあったのだから。

そもそも保胤の『池亭記』は、長らく誤読されてきたように思う。「予《われ》、行年《かうねん》漸《やうや》く五旬（五十歳）に垂《なんなん》として、適《たまたま》小宅有り」と記された「地方都盧《すべて》十有余畝《ぼう》」の邸宅を、保胤が実際に造営したかのごとく理解して、いままでこの作品は読まれてきた。

たとえば『池亭記』に記される「池亭」の立地を、左京の街区に求めて、鎌倉期成立の百科全書『拾芥抄《しゅうがいしょう》』は、「六条坊門南、町尻東隅」に位置したとの想定を記す（図9参照）。角田文衛監修の『平安京提要』も、「六条三坊六町」の地に、あたかも保胤の「池亭」が実在したかのように説明する。だが『池亭記』の叙述内容自体に、その拠りどころを求めているとしたら、これは充分に疑ってみる必要がある。

「地方都盧《すべて》十有余畝《ぼう》」とある『池亭記』の記述は、白楽天『池上篇 幷《ならびに》序』に見える「地方十七畝」の表現を借りたもので、必ずしも実状を反映したものではない。単純計算でも三千坪あまり（坊城制で言えば約一町）におよぶ「池亭」の、その敷地内の邸宅配置は、「平生好む所、尽《ことごと》く中に在り」と述べられるように、理念化された寝殿造りのしつらえで、これを「小宅」と呼ぶのは、語義矛盾もはなはだしい。

いうまでもなく漢文特有の自己卑下の文飾で、「隆《たか》きに就《つ》きては小山を為《つく》り」、「窪《くぼ》に遇《あ》ひては小池を穿《ほ》る」、「小堂を置きて弥陀を安《あ》んじ、「小閣を開きて書籍を納む」、「低屋を起《た》てて妻子を着け」、さらに「小橋、小船」と続

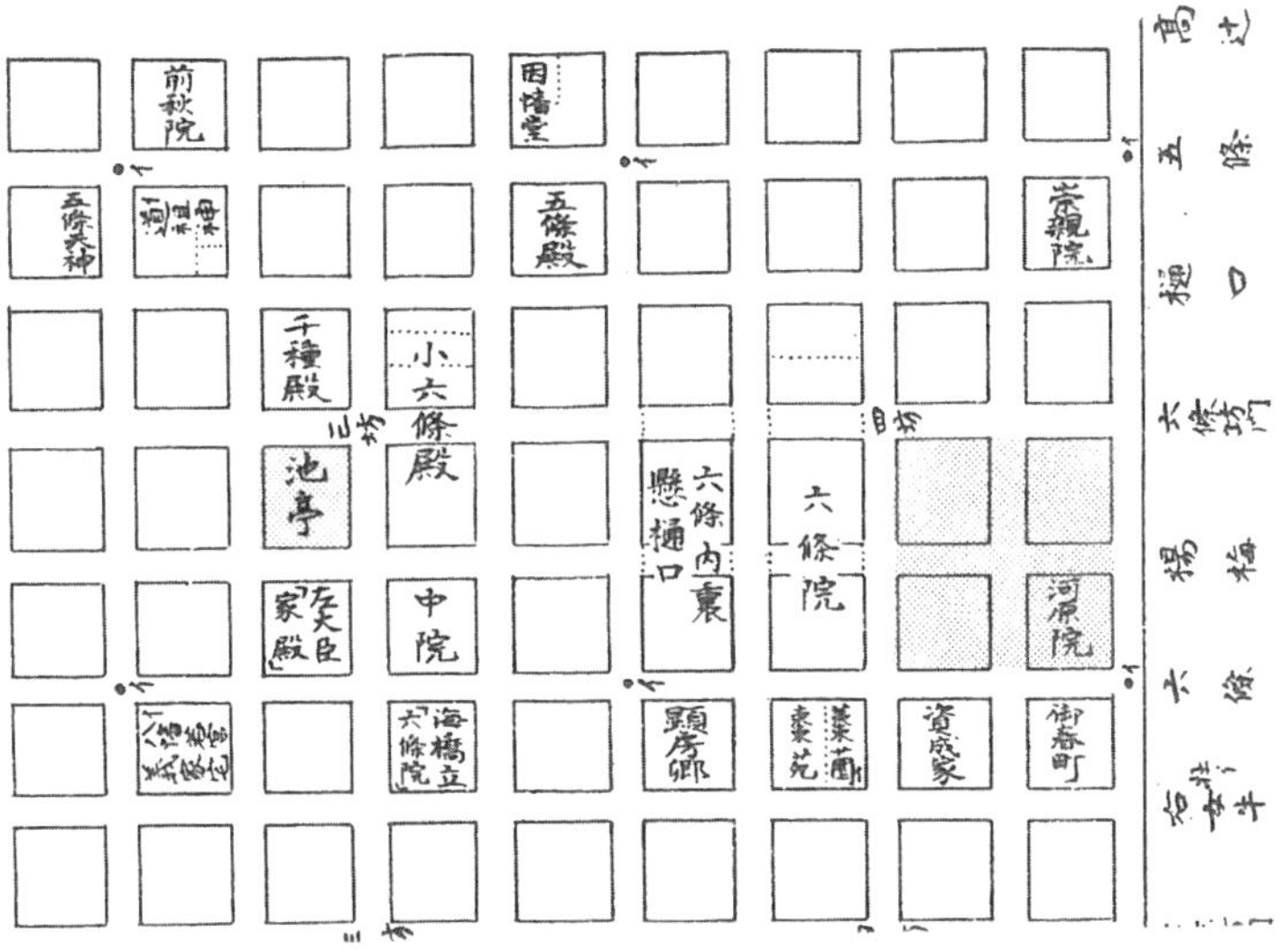

図９　『拾芥抄』による池亭の推定立地

けば、これはもう、ことばの上だけのフィクションではないかと疑ってみたくなる。

他は推して知るべし。その記述のほとんどが漢籍文献、中でも白楽天の『池上篇幷序』から採られてきた表現で、これはこれで見事な引用の織物《テキスタイル》に仕上がっている。

「予《われ》、本《もと》より居処（持ち家）なく、上東門の人家に寄居（間借り）す。常に損益を思ひ、永住を求めず。縦《たと》ひ求むとも得べからず。その価値《かち》、二三畝《ぼう》千万銭ならんか」と述べた、その舌の根も乾かぬうち、「予《われ》、六条以北に初めて荒地を卜し、四つの垣を築きて一つの門を開く」とある記述へと唐突につながっていく、その行文自体、そもそもおかしい。

「家主、職は柱下《ちゅうか》（内記の唐名）に在りといへども、心は山中に住むが如《ごと》し」と、市井の隠を気取り、「予《われ》、出でては青草の袍《うへのきぬ》（宮中での制服）有り、位卑《ひく》しといへども職なほ貴し」と自負の念を誇示してみせはするものの、いまだ内裏への昇殿も許されぬ「六位」ふぜいの「内記」の職にとどまった保胤に、そんな資力があったとは、到底思えない。

ミヤコの片隅の、いかにも辺鄙な「山里」めいた場所に、ささやかな邸宅を構えたかのような書きぶりであるが、六条以北のその地は当時、忙しい日々の政務から逃れて、憩いのときをしばし得るため設けられた、上流貴顕の広壮な別邸が並び立つ、極めつきの一等地であった。というよりか、『和漢朗詠集』に「東都の履道里に、閑居泰適の叟《さう》有り」と謡われた白楽天の履道里と、その方位の立地条件が重なるため、より一層の付加価値が付いて、人びとが競って手に入れようとしたエリアなのだ。

そもそも『池亭記』は、中務省の上司であった兼明親王（醍醐天皇の皇子で具平親王の前任者）が、四十六歳のとき起草した同名作品をお手本に、その「兼済」と「独善」の生き方を模倣し、踏襲するかたちで、同じく保胤が四十六歳になったときに書かれた作品で、ならばそこに描き出された「池亭」のしつらえは、ますますその実在が疑わしくなってくる。

後のことになるが、『方丈記』の作者鴨長明が『発心集《ほっしんしゅう》』という仏教説話集を書いていて、その中でとりあげている奇妙な話し、「古き堂のやぶれたる」に仮住まいしつつ、「寝殿はしかじか、門は何か」と差図《さしず》（設計図面）ばかり書いて過ごした男と五十歩百歩の、これはあくまでも、紙の上の作文ではなかったか。

「低屋を起てて妻子を着け」と記すが、そもそも保胤に「妻子」があったのかどうか、それすらもあやしい。ここで保胤は、さもありなんと思わせるポーズをとり、なんとも芝居がかって大げさな、わざとらしい演技をしているのだ。

だからであろう、自作自演のマッチポンプよろしく、叙述の最後に至って、「予《われ》、暮歯《ぼし》（晩年）に及びて、小宅を開き起つ。これを身に取り、分に量るに、誠に奢盛（ぜいたく）なり。上は天を畏《おそ》れ、下は人に愧《は》づ」と、せっかく手に入れた「池亭」での、その悠々自適の生活を否定し、これをあっさり放棄してしまう。もとよりそんな「池亭」など実在しなかったのだから、ことばの上でこれを否定し、斬って捨てることなど造作もないことだ。

かくして、「ああ、聖賢（賢い先人たち）の家を造る、民を費やさず、鬼を労せず。仁義を以て棟梁と為《な》し、礼法を以て柱礎と為し、道徳を以て門戸と為し、慈愛を以て垣墻《ゑんしやう》と為し、好倹を以て家事《かし》（日頃の生活習慣）と為し、積善を以て家資《かし》（暮らしの糧）と為す」と、儒教の徳目を次々と並べ立て、聖人君子を気取ってみせるというわけだ。

五．夕霧のまなざしに写し出される「六条院」

夕霧の学問指南役として登場する「大内記」のモデルに、『池亭記』の作者慶滋保胤の姿をすかし見て、そこから『池亭記』の内容自体、紙の上の創作で、保胤の「池亭」が実在しなかった可能性を見てきた。ならば、紫式部を含めて当時の人びとは、そのことを充分知っていたはずで、それに影響されて「少女」の巻で描き出された「六条院」なのであってみれば、その紙の上だけでのフィクション性が、ここでもまた明らかとなってくる。

それはともかく、「少女」の巻の中心主題は、あくまでも夕霧の学問修養に置かれている。

母方の祖母大宮（葵上の母）の「三条殿」で元服の式を終えた夕霧は、大学入学をひかえて光源氏の「二条東院」で「字《あざな》（中国風の名前）」をつける儀式を行なう。

この「名づけ」の儀式が存外重要で、以後の物語世界を「漢風《からふう》」一辺倒へと置きかえ、染め上げてしまう効果が、そこでは期待されていたと読むべきだろう。「名づけ」を境に、それこそ「ハイカラ」な雰囲気へと物語の世界が一変したというふうに、ここは読まれなければならない。

夕霧は続いて「大学寮」へと出向き、入学の手続きを終えて、以後は師の「大内記」に教えを乞いつつ、「二条東院」にこもって、ひたすら勉学に励む。模擬試験を「二条東院」で滞りなく済ませ、好成績を得た夕霧は、「大学寮」にて本試験の「寮試」に臨み、これに見事及第して「文人擬生《もんにんぎさう》（擬文章生）」へと進む。この後、内大臣（亡き葵上の兄で雲居雁の父）に隔てられて雲居雁と逢えない想いを、五節《ごせち》の舞姫（光源氏の従者惟光《これみつ》の娘）へと振り向ける挿話がしばらく語られ、「少女」の巻名はこれに由来する。

春になって朱雀院への帝（冷泉帝）の行幸があり、その際に式部省の主催する「省試」になぞらえて、帝王じきじきに行なう「放島《ほうとう》の試」を試される。これにも見事及第して、夕霧は晴れて文章生《もんじょうしょう》（進士）の地位を得、名目的な掾官《じょうかん》（地方行政の三等官）の職を与えられて奨学金を支給され、ようやく経済的にひとり立ちするのである。

ついで秋の司召《つかさめ》しには、先にも述べたように中務省の三等官である侍従に任ぜられ、念願の「五位」への昇進を果たす。

このあたり、藤英のそれを露骨に踏まえる。藤英もまた「放島の試」を試されてこれに及第し、従五位下に昇って「大内記」に任ぜられ「東宮学士」を兼ねるのだが、物語はこのようにして、作中でいささかからかい気味に「大学の君」と呼ばれる夕霧の、その学問修養の過程を愚直なまでになぞることに、多くの筆を費やしている。

それにしても、例の省筆の草子地でもって、「女のえ知らぬことまねぶ（言及すること）はにくきことをと、うたて（非難される恐れ）あれば漏らしぬ（書かないことにする）」（字《あざな》をつける儀式のあとの宴席の場で列席者が詠んだ詩文の数々に対する語り手女房のコメント）と言い訳しながら、これほどまでにこと細かに漢学の世界をなぞり、その教育課程《カリキュラム》や規律訓練《ディシプリン》の様子を丹念に書き込むことの意味はなんなのか。

おそらく夕霧には、「逼《せま》りたる大学の衆」と揶揄された漢学者たちの、時代錯誤のまなざしが仮託されていると見て間違いない。そのまなざしのズレが、今まで述べてきたように、「少女」の巻に数多くの滑稽な要素を持ち込む。

天皇の后となるべく大切に育てられてきた雲居雁に悪い虫（＝夕霧）がつき、それとの仲が問題視されて、まわりが大騒ぎしているというのに、そんなこととは露知らず、「大宮」のもとへ、いつものようにひょっこりと訪ねてくる夕霧の、あまりにもナイーブなその姿に、世間知らずの漢学者たちの、とんちんかんな応対に通ずるもののあることを見ておく必要がある。

純粋であり無垢であるとの意味合いとともに、ナイーブの語には、頓馬なお馬鹿さんという否定的な意味合いのあることをつけ加えておこう。だがそのナイーブさには、返す刀で対象からは距離を採り、いささか醒めた目でそれをとらえ返すアイロニカルな効果もまた期待されている。阿呆をよそおう道化の演技の真骨頂も、まさにそこにこそある。

源氏物語研究者の高橋亨は、その早い時期の論考で、夕霧に「認識者」としての役割を見ている。「認識者」としての夕霧はまた、語り手（＝作者）の分身でもあり、「夕霧がつまるところ行為者たりえない認識者であるというのは、表現構造における視点人物であることを根底的に規定している」として、あくまでも「認識者」にとどまり、行為者たりえない点に、「可能態の物語」にとどまって、物語を主導しえない夕霧の限界を見いだしている。

しかしここはむしろ、「認識者」としての夕霧に、積極的な意義を見いだしておきたい。

光源氏にとっては「終の棲家」となるべき理想の「住まい」として造られた「六条院」世界が、やがて内部から崩壊していくその過程を、つぶさに視てとる視点人物としての役割が、本人が意識するとしないにかかわらず、夕霧には期待されているのだ。

そもそも「少女」の巻で語られる事柄自体、次の引用にもあるように、はなはだしく時代錯誤で、当時の現実としてはありえない、多分にフィクショナルな状況設定のもとでのお話しなのである。

昔おぼえて（漢学が盛んであったむかしを思い出させるように）大学の栄ゆるころなれば、上中下《かみなかしも》の人、我も我もと（漢学の）この道に心ざし集まれば、いよいよ世の中に、才ありはかばかしき人多くなんありける。〈中略〉殿にも（光源氏の下でも）文《ふみ》作りしげく、博士、才人どもの、ところ（重んじられ評価される場を）えたり。すべて何ごとにつけても、道々の人の才のほど現はるる世になむありける。

これは皮肉でなくてなんであろう。明らかに虚偽とわかる事柄を、真面目ぶってこんなふうに言ってのける語り手（＝作者）の、空っとぼけた顔つきが、目に浮かぶようではないか。

以上を要するに、今までは主人公の光源氏によってもっぱら担われてきたその視点人物としての役割に代えて、「少女」の巻では、夕霧のナイーブなまなざしに仮託された漢学者たちの、その時代錯誤のアナクロニズムに、これから始まる「六条院」世界を相対化し、それを批判的にとらえかえす効果が期待されていた。

それはまた、みずから創りあげた「池亭」を、最終的には否定し放棄する『池亭記』の主題に、無意識裡に寄り添うかたちで、表向き華やかな「六条院」の、その欺瞞的世界を「図」として浮かび上がらせる「地」の役割を担って、以後の物語の展開を、水面下でリードすることにもなるのであった。

六．随伴し、伴走する「大学の君」

急ぎ足でその後の経過をたどるなら、四季の町へと整然と区分けされた「六条院」世界の時間秩序に波紋を投げかける新たな登場人物として、まずは夕顔《ゆうがお》の遺児玉鬘が呼びこまれてくる。夕霧の暮らす夏の町の「西の対」に、玉鬘はその居場所をあてがわれる。しかし父光源氏の隠し子との触れ込みで、同じ町に「住まい」しながら、夕霧は、はなからその婿どり対象から外されて、局外者の立場に置かれることとなる。

「野分《のわき》」の巻では、見舞いがてら「六条院」の被災状況を見て歩く際に、玉鬘に言いよる光源氏の姿を目にして、「あやしのわざ（理解不能のふるまい）や、親子と聞こえながら、かく（なれなれしく接触して）懐《ふところ》離れず、もの近《ちか》かべき（あまりに近くにすぎる）ほどかは」と不審の念を抱くものの、その視点は相変わらずズレていて、事の本質を捉えそこねている。「野分」の巻ではまた、紫上の姿をも偶然かいま見て、「ありつる（紫上の）御面影の忘られぬを、こはいかにおぼゆる（私の）心ぞ、あるまじき思ひ（義理の母への恋慕の情）もこそ添へ、いと恐ろしきこと」と、その魅力に激しく心奪われるものの、父光源氏の危惧するところをおもんぱかって、「大臣《おとど》（光源氏）の（私を）いとけ遠くもてなしたまへるは、かく、（紫上の姿を）見る人ただにはえ思ふまじき（普通でいられない魅力ある）御ありさまを、至り深き（光源氏の）御心にて、もしかかること（義理の母と子との不義密通）もやと思《おぼ》すなりけり」と自重し、それ以上の行動には決して出ない夕霧なのである。

それがまた、いかにも夕霧らしいのだが、そんな夕霧の優等生ぶりに、語り手は（そして我々読者もまた）多少のじれったさを感じつつ、そのナイーブなまなざしに、ありありと映しだされた「六条院」世界の欺瞞的な倒立像に、やがて亀裂が走り、次第と解体していくさまをつぶさに視てとることで、ドラマチック・アイロニーからするひそやかな快感を覚えたりもするのである。

紫上に対する夕霧の抑圧された性的欲望を代替して、やがて柏木による女三宮との密通事件が出来《しゅったい》するだろう。「若菜上」の巻に至って女三宮の降嫁がなされ、春の町の「西の対」がその居室にあてがわれる。その結果、紫上は寝殿から「東の対」へと追いやられ、やがて病を得て「二条院」へと退去することで、「六条院」世界から遠く隔てられる。

紫上の看病で留守がちな光源氏の隙をみて、柏木と女三宮の密通はなされた。それも繰り返し、何度にもわたって。

それ見たことかと内心思いつつ、「柏木」の巻でその不幸な死を看取るのも、これまた夕霧なのであった。

「少女」の巻でその造営の様子が語られた「六条院」の、「終の棲家」としての理想の「住まい」のあり方は、こうして内部から次第とそこなわれ、瓦解していくのだが、その経緯についてはすでに多くの論があり、これ以上の贅言《ぜいげん》を費やす必要はあるまい。

「光《ひかり》隠れ給ひにし（この世の光が消えるように、光源氏が亡くなって）後、かの（光源氏の）御影にたちつぎたまふべき人、そこらの御末々《すゑずゑ》にありがたかりけり」と語りだされる

「匂宮《におうのみや》」の巻は、「家主《いえぬし》」としての光源氏も、「家刀自《いえとじ》（女主人）」としての紫上もいなくなったあとの「六条院」が、ときの経過とともにうつろい、やがて物語の表舞台から後退していくさまを、不義の子薫《かおる》を、あらたな視点人物にすえて、いささか冷笑的なまなざしでもって描き出す。

出家して尼姿となった女三宮が、失意のうちに父朱雀院より伝領の「三条の宮」へと退去してのち、それと入れ替わるようにして、辰巳に位置する「春の町」の「東の対」には明石中宮腹の女一宮が、母屋の「寝殿」には同じく中宮腹の二宮がというように、明石の御方にとっては孫にあたる高貴な血筋のものたちが移り住む。表向き繁栄を謳歌するかに見えて、居住者の入れ替わりを告げるその口ぶりからは、いささか皮肉めいたニュアンスが読み取れる。

六条の院の春の殿《おとど》とて世にののしりし（世の中の評判となった）玉の台《うてな》も、（明石の御方）ただ一人の末（子孫）のためなりけりと見えて、明石の御方は、あまたの宮たちの御後見《うしろみ》をしつつ、あつかひきこえたまへり。

互いにしのぎを削る女たちの、闘争の場としての「六条院」は、もはやここにない。すべてが終わってしまって、最後に勝ちを占めたのは、母方の系譜をたどれば明石一族だけなのであった。

「少女」の巻で、「ここかしこにて（母娘が別れ別れで）おぼつかなき山里人（明石の御方）などをも集《つど》へ住ません御心にて」と語り出されたように、六条院造営の当初の目的が、明石の御方を迎えとることにあったとすれば、それも当然のことなのかもしれない。

もっとも、「春の町」の立地するその場所が、実際は賀茂川の河川敷に位置しており、物語の「約束事」として、あくまでも紙の上のフィクションでしかないことを前提に、「六条院」が行きついた先のこの結末を、当時の読者が受けとめたであろうことは、あらためて確認しておく必要があろう。

一方、夕霧はといえば、「（六条院の）院の内さびしく人少なになりにける」ことに危機感を抱き、「この院荒らさず、ほとりの大路《おほぢ》など人影離《か》れはつまじう（人の盛んな出入りを絶やさないように）」することに、あれこれ奔走する。だが、「丑寅の町（夏の町）に、かの一条の宮（亡き柏木の妻）を渡し（転居させ）たてまつりたまひてなむ、三条殿（雲居雁）と、夜ごとに十五日づつ、うるはしう通ひ住みたまひける」と、その杓子定規のまめ人ぶりが、戯画化されて描かれてもいる。

「少女」の巻において夕霧は、「もの隔てぬ親に（光源氏は）おはすれど、いとけけしう（そっけなく）さし放ちて（距離を置かれて）思《おぼ》いたれば、おはします（本邸の二条院の）あたりに、たやすく（気安く）も参り馴《な》れはべらず。東《ひむがし》の院（二条東院）にてのみなん、（光源氏の）御前《おまへ》近くはべる」と、みずからの疎外された立場に充分自覚的であった。

しかし、光源氏亡きあと、その後継者として六条院世界の「家主」を気取るとき、夕霧がとるその行動は相変わらずピントが大きくズレていて、頓馬なお馬鹿さんぶりが一層きわだつ。

漢学者たちのアナクロニズムの視点を代行し、そうすることで語り手（＝作者）のアイロニカルなまなざしをも託された、かつての夕霧の役割は、とうの昔に失効し、内部からする相対化の仕掛けを失って、「六条院」世界はここに、終焉の秋《とき》を迎えるのである。

さて、ということで薫の登場である。

かつての夕霧に代わり、あらたな視点人物として物語に呼びこまれてきたのが薫であった。後嗣のないまま退位した冷泉院の庇護のもと、その邸宅「冷泉院（仙洞御所）」の一隅に居室をあてがわれた薫には、「六条院」にその居場所がない。

宮中での正月恒例の「賭弓《のりゆみ》」を終えて、「負け方」に与《くみ》した薫は、そのままひっそり退席しようとする。その薫を近衛府の上司でもある夕霧(このとき左大将)が呼び止めて、「親王《みこ》たち(六条院へ)おはします御送りには、(薫も)参りたまふまじや」と、「六条院」への同道を命じる。

好意でしたことではまったくない。空洞化いちじるしい「六条院」に、再び人びとの関心を集めようとの政治的おもわく(たとえば六の君の婿がねとして)が透けて見える。

「六条院」での華やかな宴の席にあって、少しも楽しまない薫の様子に、夕霧は、「右の中将《すけ》(薫)も声加へたまへや。いたう(たいそう)客人《まらうと》だたしや」と、非難がましいことばを投げかける。そのことばは夕霧の意図を越えて、以後の物語の行く末を暗示する。「客人《まろうど》」でしかない、つまりは六条院世界からつまはじきにされ、その外部に周縁化されてある薫のような「負け方」の人びとへと、物語はこれ以後、ひたすら焦点化していくからである。

第四幕

「隠者」の面影

キーワード：山里・兼明親王・明石一族

問題の所在――「山里」へのあこがれ

聖なるものの立ち顕われが期待される水辺空間へのあこがれは、ときには人工的な「州浜」の形態を採りながらも、不老不死の仙人たちが群れ遊ぶ、源融の「河原院」のような神仙世界から、宇治の「平等院」のように仏教的な極楽浄土へと、時代を下るにしたがい、その意匠を替えていく。さらにはそのコインの裏返しとして、中世においては冥界へとつながる「賽の河原」の荒涼とした光景へと変奏されていくだろう。

「賽《さい》の河原」を思わせる水辺空間はまた、物資を搬入し搬出する、物流の結節点でもあった。つまりは異質な他者との出会いを率先して引き入れる〈交通〉の要衝でもあり、だか

図 10-1　四条河原にひしめく芝居小屋（舟木本洛中洛外図）（上）

図 10-2　四条河原に建つ能舞台（演目は熊坂か）（左）

らこそ仮設の舞台を設けて、芸能者たちがみずからの芸を披露する場ともなった。そこには芸能の神様が下りてきて、その神霊に依り憑かれて、それこそ、この世のものとも思われない、神がかり的な至高の芸が、次々と繰りだされてくる、聖なるトポスなのであった。

だいぶ後のことになるが、能の大成者世阿弥《ぜあみ》がまだ十二歳の美少年であったころ、父観阿弥《かんあみ》とともに、室町幕府の第三代将軍足利義満に見いだされたのも、東山のふもと、今熊野《いまぐまの》社の境内裏手に広がる賀茂の河原での、猿楽興行の際のことであった。当時の雰囲気を、二〇二二年公開のアニメ『犬王』（湯浅政明監督、原作は古川日出男の小説『平家物語　犬王の巻』）がよく伝えている。水辺空間と芸能とは、切っても切れない、緊密な関係にあっ

たのだ。

現在では、熊や猪、猿などの出没で世間を騒がせているが、獣たちの棲息する山中と、人里との間にあって、その双方をつなぐ「山里」の空間も、あらぶる自然と接して、山からのめぐみだけでなく、そのわざわいをも二つながらに受けとめる〈交通〉の場としてあり、いまひとつの聖別された空間としてあった。

「亭は曲池の北、小山の西にあり。山に傍《そ》ひ流れに臨み、茅《かや》を結び宇《いへ》を開けり」（兼明『池亭記』）とあるように、また「隆《たか》きに就きては小山を為《つく》り、窪に遇《あ》ひては小池を穿《ほ》る」（保胤『池亭記』）とあるように、そして「もとありける池山をも、便《びん》なき所（不都合なところ）なるをば崩しかへて、水のおもむき、山のおきて（たたずまい）をあらめて、さまざまに、御方々の御願ひの心ばへを造らせたまへり」と源氏物語の「少女」の巻が語るように、「洲浜台」よろしく邸内に取り込まれた「築山」と「堀池」とはセットになって、そのあいだをとりもつミニチュア化された「山里」の空間もまた、聖なるものの立ち顕われる、もうひとつの特異な場所《トポス》としてあったのだ。

そのスケールは、ずいぶんと壮大だが、鎌倉幕府の歴史書『吾妻鏡《あずまかがみ》』によれば、建久四年（一一九三）年五月に、富士の裾野の「山里」（そこは駿河から甲斐へと通ずる街道沿いの交通の要衝であった）で行われた狩場の庭において、頼朝の嫡男頼家《よりいえ》が、神からの下されものの鹿を、初めて射て獲《と》った。それを祝って「矢口の祭り」の行われた様子が記されている。このとき頼家は、元服したばかりの十二歳。世阿弥のように美少年であったかどうかは知られていない。

それはともかく、周囲の者たちは、赤、黒、白の三色の餅を作り、山の神および矢口の神にたむけて、これからの狩の安全と、獲物の豊富に恵まれることを祈念し、その餅を、狩場の執行責任者であった工藤景光《かげみつ》、愛甲季隆《すえたか》、曽我祐信《すけのぶ》らが、一の口、二の口、三の口とそれぞれ食べ、家の子郎党にも分け与えて、盛大な祝いが行われた。その餅を「矢口餅」とも、「箭祭餅《やまつり》」ともいうらしい。

ちなみに狩場のにぎわいも終ろうかという十数日後の夜半、そのクライマックスともいうべき曽我兄弟の敵討ちが出来《しゅったい》し、頼朝の屋形を中心に、陣屋をつらねて寝泊まりしていた御家人たちは、パニック状態におちいる。敵討ち後の、その御家人たちとの斬り合い（謡曲『夜討曽我』で演じられる「十番斬り」である）のなかで、兄の十郎祐成《すけなり》は早くに討たれ、からうじて頼朝の屋形までせまった弟の五郎時致《ときむね》も捕らえられて、鈍刀でその首を、無惨に掻き切られた（図11参照）。

兄弟がまだ幼かったころ、父の河津祐泰《すけやす》も、伊豆奥山でもよおされた狩場の帰りに射殺（いころ）されている。狩猟民の面影を色濃く残す東国武士団の世界では、神への捧げものとしてまず「血祭り」に挙げられるその獲物は、必ずしも獣だけに限られない習わしだったのだ。

ことは、ひどく物騒な話となってきた。この第四幕では、水辺空間へのあこがれを人工的な「州浜」よろしく邸内に取り込んだ「六条院」の結構に対し、それとは対極に位置する「山里」

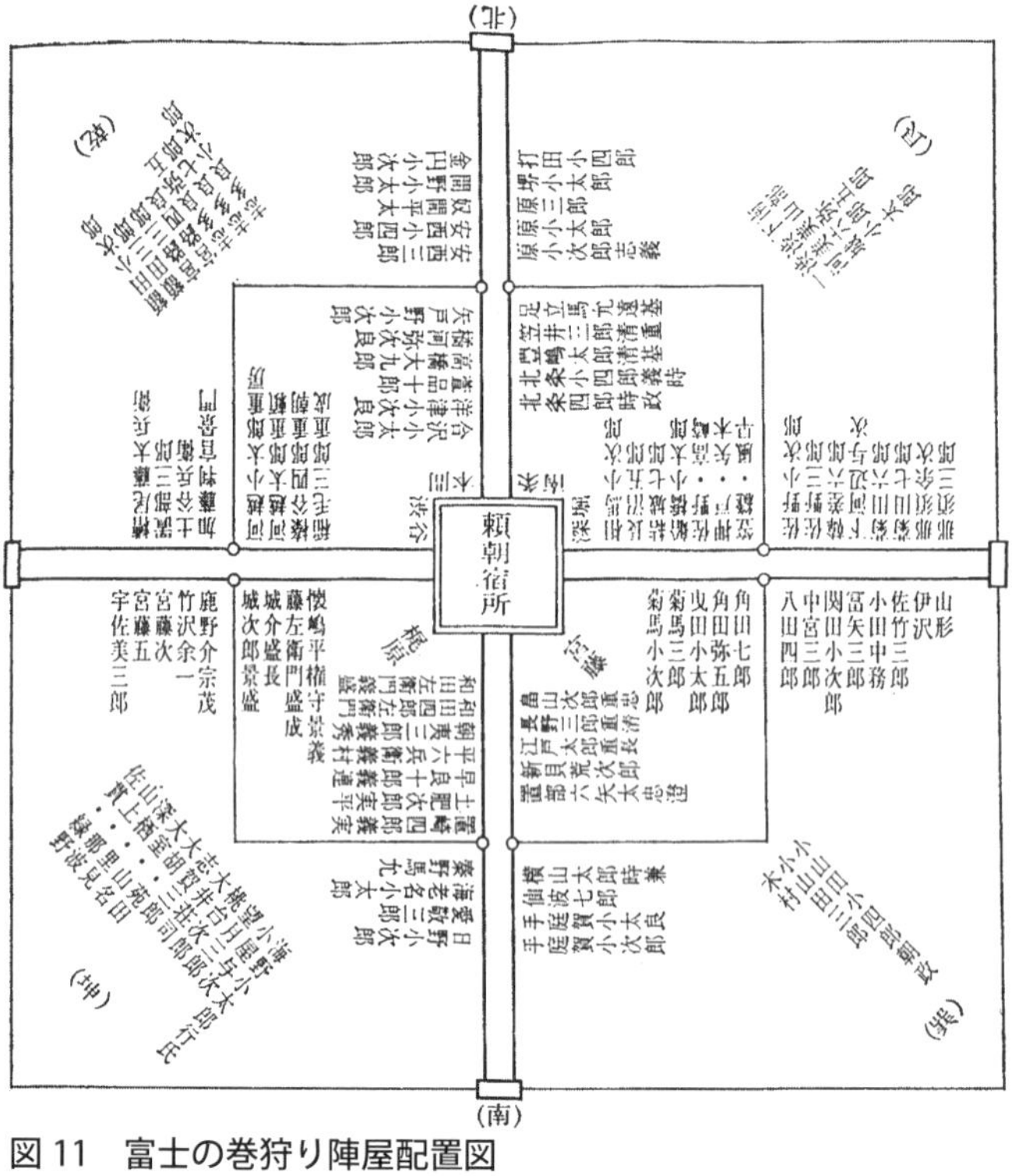

図 11　富士の巻狩り陣屋配置図
（中央頼朝屋形に近接して宮藤とあるのが仇敵工藤祐経の陣屋）

の代表格として、「借景」どころの話しではない、あらぶる自然のそのただなかに、生身をさらすかのようにして、おのれの居場所を求めていった「嵯峨」のトポスへと目を転じ、それが物語の中で担うこととなる積極的なはたらきを、以下に見ていくこととしよう。

「嵯峨」の語はそもそも、峨々たる山の険しさの形容で、そこから神仙世界のイメージとの重なりも生ずる。これがどうして、なかなかに痛烈な、「六条院」世界への批判のまなざしを返してくる場ともなっているのだ。

一・ダミーとしての「嵯峨の御堂」と「桂の院」

ミヤコの西北郊、周易八卦でいえば「天の方位」に位置する「嵯峨」の地に、光源氏が御堂を建立したことは、「絵合《えあわせ》」の巻の末尾ではじめて見え、次の「松風《まつかぜ》」の巻で、そのところの様子が、以下のように語られる。

明石の御方の住まう大堰の山荘と対比させつつ、あたかもそれと対峙するかのような位置づけに、嵯峨の御堂はあった。


（光源氏が）造らせたまふ御堂《みだう》は、大覚寺（嵯峨天皇発願の寺）に南に当たりて、滝殿《たきどの》の心ばへなど劣らずおもしろき寺なり。（その一方で）これ（明石の御方の住まう大堰の山荘）は川づらに、えもいはぬ松陰《まつかげ》に、何のいたはり（手の込んだ工夫）もなく建てたる寝殿のことそぎたる（質素な）さまも、おのづから山里のあはれを見せたり。

光源氏が建てたとされるこの御堂については、現在ある清凉寺釈迦堂がモデルとされており、例の源融が、ここでもまた登場してくる。「栖霞観《せいかかん》」と名付けて、この地に融が建てた別荘を、後に寺としたのが清凉寺であった。だが本幕で問題とすべきは、そのことではない。「滝殿の心ばへなど劣らずおもしろき」と述べられながら、それはあくまで、人の手により、人工的に造られた水辺空間なのであった。

対するに明石の御方の住まう大堰の山荘はどうか。その建物こそ粗末なものの、大堰川の岸辺に寄り添う場所にあって、周囲に自生する松の林をそのままに、広大な「州浜」に見立てて、その自然の風景の中に、みずからを位置付け、「山里」としてのあるべき理想のたたずまいを、それこそ具現化してみせているのである。

聖なるものの立ち顕われの場としての水辺空間を、邸内に取り込むにあたっての、「人工」のそれと、「自然」のそれとの対比を、ここでは見ておく必要がある。角倉了以《すみのくらりょうい》によって開鑿されるまで、この地には天然の井堰（古代豪族秦氏によって人工的に造られたとの説もある）があって、わざわざ「滝殿」など作らずとも、そこからたぎり落ちる、かまびすしいまでの水音を、絶えず耳にすることができた（図12参照）。

どちらの造作がまさっているかは、おのずと知れよう。だからこそ光源氏は、造営した嵯峨の御堂で、毎月たやさず行うよう指示した、「月ごとの十四五日、晦日《つごもり》の日行はるべき普賢講、阿弥陀、釈迦の念仏」などの仏事への参列を口実に、明石の御方の「住まい」する大堰の山荘へと、月に二回、ミヤコの本邸「二条院」から、いそいそと通うことにもなるのである。

明石の御方のもとへと通うのが目的で、嵯峨の御堂が造られたわけでは、もちろんない。明石の御方が大堰の山荘へと移り住む前に、すでに御堂は計画され、造営されていた。その目的は何かといえば、「中ごろなきに（失脚して）なりて（須磨明石に）沈みたりし愁《うれ》へにかはりて、今までも（命を）ながらふるなり。今より後の栄え（栄耀栄華）はなほ命《いのち》うしろめたし（先行き不安である）。静かに（寺に）籠《こも》りゐて、後の世のこと（来世の成仏）をつとめ、かつは齢《よはひ》（これからの寿命）を延べん」との殊勝な思いからであった。須磨、明石での苦渋の体験が、光源氏にとって大きな心の痛手《トラウマ》となっていたことは確かだ。

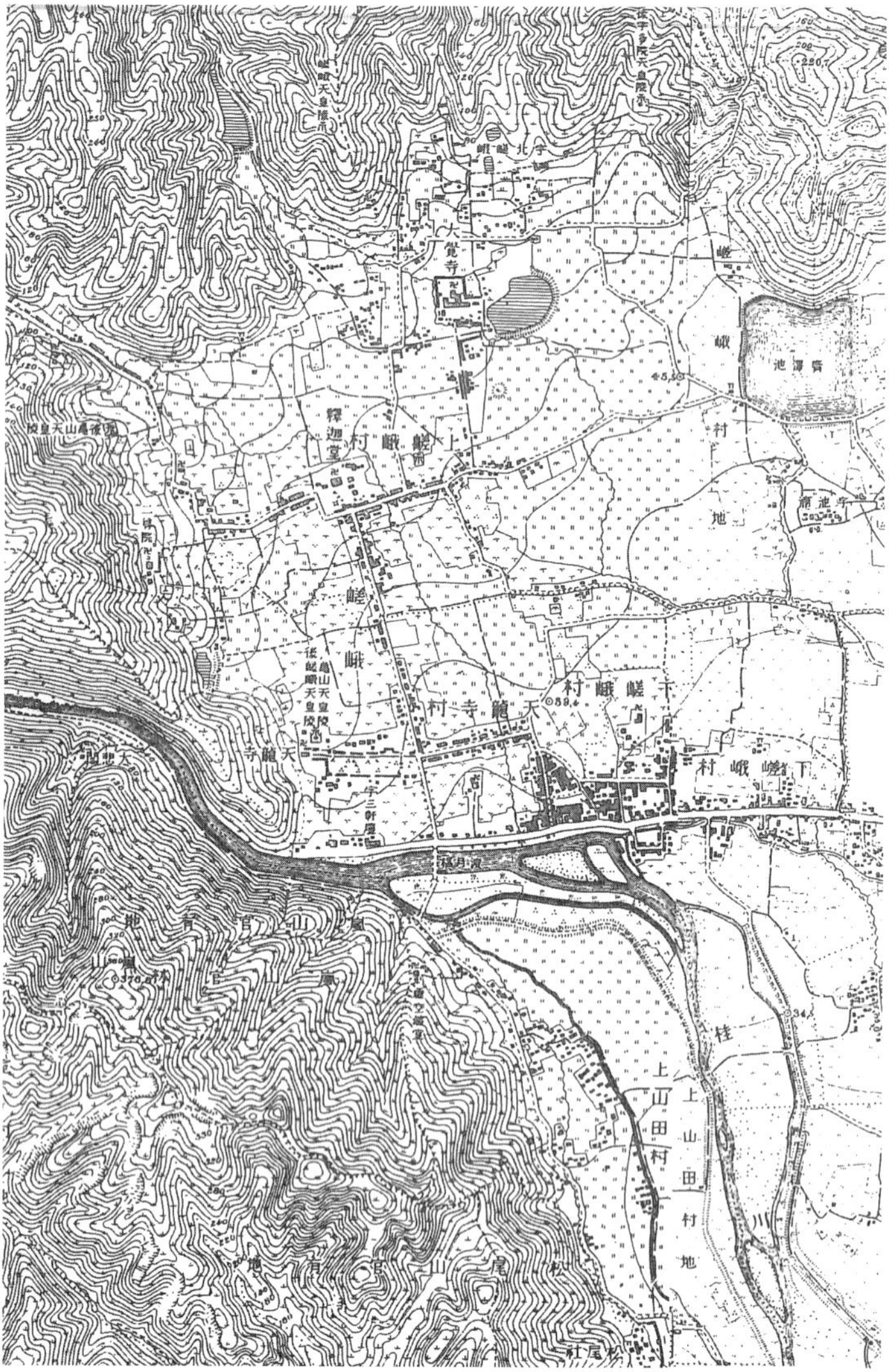

図 12　明治 22 年作成　2 万分の 1 仮製地形図「愛宕山」「京都」

しかしそれに続けて「絵合」の巻で記される語り手の、奥歯にもののはさまったような物言いに注意しておきたい。

末の君（自分の子孫）たち、思ふさまに（自分の思いのままに）かしづき出だして（支援して）見むと思《おぼ》しめすにぞ、とく棄《す》てたまはむこと（出家遁世）は難《かた》げなる。（光源氏は）いかに思《おぼ》しおきつるにか（どのような思わくがあるのか）と、いと（他の人には）知りがたし。

世俗のものの見方を捨てきれず、悟りすました境地にはほど遠い地点に、光源氏はいまだとどまっている。それがここでの語り手の、いささか辛口の評価なのだ。なればこそ、明石から上京してきて、いまだ大堰の地にとどまる明石の御方の下へと足しげく通う、その口実に、「嵯峨の御堂」が都合よく利用されてしまうのも、うべなるかなというべきであろう。そして先にも見たように、「若菜上」の巻において、紫上主催の光源氏四十の賀の会場にそこが選ばれるまで、この「嵯峨の御堂」への言及は以後見られず、長らく忘れ去られてしまう。

「松風」の巻にはまた、「桂の院」への言及も見られる。しかもこの「桂の院」、「松風」の巻にしか見えず、以後の物語に一切出てこない。大堰川は下流で桂川と名を変え、光源氏はその対岸に領地を所有していたとの設定で、それを管理する施設が「桂の院」であろう。そこにしばし逗留するとの名目で、明石の御方の山荘へと、光源氏は密かにおもむく。

ところがどうしたことか、その「桂の院」にミヤコから多くの人びとが迎えに押しかけ、中で事情を知る者は、光源氏の姿を求めて、ひそかな「隠れ家」であったはずの明石の御方の大堰の山荘にまで、訪ねてきてしまう。「いと軽々しき（軽薄だと非難されそうな）隠れ処《が》、見あらはされぬる（世間に知られてしまった）こそねたう（妬ましい）」と、光源氏はおおいに困惑するのである。

はては天皇側近の蔵人《くろうど》の弁《べん》をして、内裏から冷泉帝のメッセージまでもが寄せられ、せっかくのお忍びの外出も、世間周知の事柄となってしまうのだった。

先に見た道長と同じく、光源氏もなかなかの恐妻家で、紫上の、「例の（紫上の）心解けず見えたまへど」、「解けざりつる（紫上の）御けしき」などが気になって仕方がない。抑えに抑えた紫上の嫉妬の感情は、当人の思惑を越えて、周囲の女房たちの様子を介し、露骨なかたちをとってあらわれる。

暮れかかるほどに、内裏《うち》へ参りたまふに、（光源氏は）ひきそばめて（周囲から見えないように）急ぎ（手紙を）書きたまふは、かしこ（明石の御方）へなめり、側目《そばめ》（傍からみても）こまやかに（気を遣って丁寧に書いているように）見ゆ。うちささめきて（小声で家来に指示して手紙を）遣《つか》はす（光源氏のその様子）を、御達《ごたち》など（紫上付き女房たちは）憎みきこゆ。

紫上の住まう「二条院」を、たびたび留守にする（それも泊りがけで）にあたっては、表向きの正当な理由付けが、是非とも必要だった。これを要するに、「嵯峨の御堂」も「桂の院」も、物語の中では単なる二義的な存在に過ぎず、明石の御方の大堰の山荘との関係のなかで、かろうじてその意味を持ちえた空間であったということだ。

二．大堰の山荘のトポロジー

では明石の御方の母娘が身を寄せた大堰の山荘とは、そもそもどのような場所だったのか。結論を先取りして言うなら、「先中書王」兼明親王が晩年に隠棲した、小倉山のふもとの山荘が、どうやらそのモデルとして想定される。

明石一族の出自を論ずる際、父明石入道がみずから語る、「(私の)親、大臣の位をたもちたまへりき。みずからかく田舎《ゐなか》の民(片田舎に引きこもる身分)となりにてはべり。次々さのみ(そんな状態で)劣りまからば(凋落をくり返していけば)、何の身にかなりはべらん(行く末はどうなってしまうのか)と悲しく思ひはべる」との、父方の一族の没落の系譜ばかりが、従来は問題とされてきた。だが、招婿婚が常態の当時にあって、邸宅の所有権は、しばしば女系を介して継承された。ならばここでも、母方の系譜をたどっておくことが必要であろう。

明石の御方と、その腹に生まれた我が娘(明石の姫君)を新たに迎えるべく、光源氏は、本邸の「二条院」の東どなりに「二条東院」を増設し、その西の対には花散里を、そして東の対を、明石の御方のスペースとして確保する。だが明石の御方は、大堰川のほとりに縁故の地を求めて、そこにとどまり、「二条東院」に入ることを頑《かたく》なに拒むのである。

昔、母君(明石の御方の母)の御祖父《おほぢ》、中務の宮と聞こえけるが領《らう》じたまひけるところ(所有していた場所が)、大堰《おほゐ》川のわたりにありけるを、その御後《のち》(中務の宮の亡くなってのち)、はかばかしう(しっかりと)相継《あひつ》ぐ人もなくて、年ごろ荒れまどふを(父の明石入道は）思ひ出でて、かの（中務の宮の）時より伝はりて宿守《やどもり》（管理人）のやうにてある人を呼びとりて語らふ。

母方の曽祖父として名の見える、「松風」の巻でのこの「中務の宮」を、中世の源氏注釈書である『河海抄』や『花鳥余情《かちょうよせい》』は、あやまたず「先中書王」兼明親王に比定する。その想定は極めて蓋然性が高い。

親王にはすでに、大堰の山荘において月を詠んだ、「をぐら山かくれなき代《よ》の月かげにあかしの浜を思ひこそやれ」（『和漢兼作集』）の歌がある。まだ若かりしころ、地方官（播磨権守）として明石の地に赴いた際の、かつての見聞に基づく詠かと思われる。

あたかもその歌の内容に応えるかのように、大堰の山荘に入った明石の御方たちは、「家のさまもおもしろうて、年ごろ経《へ》つる（明石の）海づらにおぼえたれば、所かへたる（引き移ってきた）心地もせず、昔のこと（中務の宮がお住まいのころ）思ひ出でられて、あはれなること多かり」と、懐旧の思いにひたる。スケールはだいぶんと違うものの、明石海峡をへだてて淡路島を遠望する明石の地と、大堰川をへだてて嵐山をのぞむ大堰の地との、その地勢的な類似が、ここでは言われているのである。

明石母子の大堰への転居を準備すべく、明石の地へと呼び寄せられた「宿守」の言葉からも、兼明親王との結びつけは顕著だ。「御荘《みさう》の田、畠《はたけ》などいうことのいたづらに（ほったらかしのままに）荒れはべりしかば、故民部大輔《みんぶのたいふ》の君に申し賜《たまは》り（お借り申し上げ）て、さるべき物（借地料）など奉《たてまつ》りてなん領《らう》じ作り（御荘を維持経営し）はべる」との発言に見える「故民部大輔の君」には、兼明親王の子息で、東宮学士として長らく花山天皇に仕え、民部大輔にまで至った源伊行《これゆき》がモデルに想定される。

兼明親王との、こうしたあからさまな結びつけは、「松風」の巻にいたってはじめて見えるものではない。はやくも「明石」の巻での、明石入道による琴談義に、「なにがし（私は）、延喜（醍醐天皇）の御手より（琴の奏法を）弾き伝へたること（数えて）三代になんなりはべりぬるを」とあり、また「あやしうまねぶ者（娘の明石の御方のこと）の侍るこそ、自然《じねん》にかの前大王《ぜんだいわう》（先中書王？）の御手（奏法）に通ひてはべれ」などの発言がすでに見えていた。琴の奏法にことよせた、醍醐天皇やその皇子である兼明親王との系譜的つながりが、ことさらに強調されていたのである。

続く光源氏の発言、「嵯峨の御伝へにて、女五の宮、さる世の中（音曲の世界で）の上手にものしたまひけるを」とあるのに応じ、明石入道の弾く箏の音は、「今の世に聞こえぬ筋《すぢ》弾きつけて、手づかひいといたう唐《から》めき（由緒ある中国風で）、揺《ゆ》の音《ね》（指を揺すって音に強弱を与える奏法を）深う澄ましたり」と、光源氏に高く評価される。その音色はいかにも古風で、嵯峨の地に隠れ住む兼明親王との結びつけが、すでにして、箏の琴の奏法を通して強調されていたのである。

七絃琴《しちげんきん》を含めた器楽の日本における文化的受容については、上原作和『光源氏物語學藝史――右書左琴の思想』（二〇〇六）や西本香子『古代日本の王権と音楽――古代祭祀の琴から源氏物語の琴へ』（二〇一八）をはじめとして、すでに数多くの研究の蓄積がある。兼明親王についていえば、「亭の中に筆硯《ひっけん》一両を置きて居閑に備へ、絃歌十数を携へて行楽に当つ」の文言が『池亭記』の文章のうちにみえ、小倉山のふもと、「嵯峨」の地での悠々自適の暮らしを謳った『遠久良《をぐら》養生方』にも、「詩両韻、琴一張」の句のあるのを確認する。

そこにいう絃楽器が、礼楽思想に基づく七絃琴なのか、明石入道が弾いた箏の琴なのか判然としないが、どちらも白楽天『地上篇幷序』や『草堂記』の文言に倣ったものであったとするなら、隠逸を志向する当時の漢学者、中国でいえば教養読書人、士大夫層の常として、七絃琴の奏法に堪能であることは必須の要件であったろう。

「松風」巻に見える、「故民部大輔の君」の記述に関連して、『花鳥余情』はまた、次のような奇妙な逸話を伝えている。兼明親王が亡くなった際、遺された品々の中に、なにか得がたいものはないかと、ときの帝に問われ、いまひとりの子息中納言右衛門督源伊陟《これただ》は、「うさぎのかは衣こそ候《そうら》へ」と答え、「かの菟裘賦《ときうのふ》」を帝にたてまつったという。だが『菟裘賦』には、「君（天皇）は昏《くら》く（愚鈍で）臣は諛《へつら》ひて、（不当を）愬《うった》ふるに処《ところ》なし」との、帝への痛烈な批判的文言が記されていた。それを知ってか知らぬか、その文章をそのままに帝に差し出した伊陟の愚かなふるまいに、世人はおどろきあきれ、「其のあと（後継者）に、みれんの（出来の悪い）子の侍りけるを、口惜しきこと」と口々にささやきあったという。

この逸話は鎌倉期成立の説話集『十訓抄』にも見えており、そのときの帝を村上天皇とするが誤りであろう。兼明親王の亡くなった永延元年（九八七）は一条天皇の治世で、『菟裘賦』の中で「君（天皇）は昏《くら》く（愚鈍で）」と名指しで指弾されたのは、一条天皇の父に当たる円融天皇であった。だからこその、皮肉な後日譚でもあったのだ。

くだんの『菟裘賦』にはまた、「語らず言ふこと靡《な》きは（沈黙するのは）、便《すなは》ちこれ浄名翁《じやうめやうをう》（維摩居士）が病（の床でのふるまい）。知者は黙《もだ》す（知っていても言わない）、寧《むし》ろ玄元氏《げんげんし》（老子）が文《ふみ》にあらずや（老子の文にないだろうか、いやある）」の句がみえる。後に鴨長明が、「栖《すみか》はすなはち浄名居士《じやうめやうこじ》の跡（方丈の居室での維摩のさとりの境地）をけがせりといへども、持つところはわづかに周利槃特《しゆりはんどく》が行ひ（釈迦の弟子の中でもっとも愚かで悪行に染まったとされる人物）にもおよばず」と自問自答して、「心、更に答ふる事なし」と、沈黙をもってこれに応えた、『方丈記』末尾のあの問題含みのふるまいを、それははるかに先取りするだけにとどまらない。

この句のあることで、いささか憚るところのある『菟裘賦』の文章は、書かれた当初、一般に公表されることなく、親王の死まで手元に置かれ、篋底《きょうてい》深く匿《かく》されて、世人の知るところでなかったことが分かる。

『菟裘賦』を起草するに先立って、親王は自らの終焉の地を「嵯峨」と定め、そこに「終の棲家」を求めて、ささやかな山荘を営んだ。

ならば大堰川のほとり、小倉山のふもとのその旧跡を引き継ぐ後継者に、明石一族を位置づけ、その積極的な取り込みをはかる源氏物語のねらいは、いったい那辺にあったのか。これは、充分に検討に値することがらではあるまいか。

三．ロールモデルとしての兼明親王

明石の御方の住まう大堰の山荘を、兼明親王のそれに重ね合わせて見るなら、より具体的な立地の様子が明らかとなる。隠棲の地を「嵯峨」の地に求めた親王は、亀山のふもとに水脈を探るべく、『祭亀山神文（亀山の神を祭る文）』を起草する。その文言に曰く、

謹《つつし》みて重ねて言《まう》さく、伏してこの山の形を見るに、亀を以《もち》て体《てい》と為す。それ亀は玄武の霊、水を司《つかさど》る神なり。〈中略〉故《ゆゑ》に山の頂《いただき》になほ水有り。山の趾《ふもと》にあに水なからんや。しかるにこの地水なし、進退惟《こ》れ谷《きはま》れり。伏して望《のぞむ》まくは、山神視聴を開き（私の願いを見聞きされて）、贔屓《ひき》を起こし（優遇措置を講じ）、水脈を引いて洪流を通し、石竇《せきとう》（岩）を穿《うが》ちて飛泉を下せ。

結果、水脈を探り当てたかどうかは不明である。先にも見たように「借景」よろしく、大堰川の流れを間近に堪能できれば、わざわざ邸内に水を引くこともないだろう。同じく嵯峨の山荘について起草した『憶亀山二首（亀山を憶ふ二首）』や『山亭起請（山亭の起請）』などの詩句を見ても、水の流れへの積極的な言及はみられない。どころか『遠久良養生方《をぐら》（遠久良養生の方）』の冒頭には、「塢塞《おさい》（堤防）の上、亀山の傍ら」の句を確認する。

親王の営んだ山荘は（そして明石の御方の山荘も）、大堰川が作り出した自然堤防の上に立地して、およそ水とは縁のない高燥の土地柄だった可能性が高い。
とはいえ物語はフィクションだから、明石の御方の母尼君とのやりとりの中で、光源氏が詠みかわす歌に、水の流れが、次のように主題化されて述べられてくる。

（源氏は母尼君をして）昔物語りに、親王《みこ》の住みたまひけるありさまなど語らせたまふに、繕《つくろ》はれたる水の音なひ（流れる水音が）かごとがましう（自分にも語らせよといわんばかりに）聞こゆ。

（母尼君の歌）住みなれし人（私）はかへりて　たどれ（たどたどしいけれ）ども　清水は宿のあるじ顔なる

わざとはなくて言ひ消つ（ことばを途切らせる母尼君の）さま、みやびかによしと（源氏は）聞きたまふ。

（光源氏の歌）いさらゐは　はやくのこと（以前あなたが住んでいたこと）も忘れじを　もとのあるじや（この地のあるじであったあなたが尼姿に）面《おも》がはりせる（そのため記憶がおぼろげなのでしょう）

なんとも意味の読み取りにくい歌のやり取りだが、「いさらゐ」とは遣水のこと。それにしても、嵯峨の御堂といい、大堰の山荘といい、邸内に引き入れた水の流れへの言及が、このように、くりかえしみられるのはなぜだろう。当時の貴族の邸宅に、遣水のしつらえは不可欠であったにしろ、これほどまでのこだわりには、亀山のふもとに水脈を探った兼明親王の、『祭亀山神文』の文言からの影響を、やはり見ておく必要がある。

『拾芥抄』によれば、親王の自邸「御子左殿《みこひだり》」は三条坊門南、大宮東に南北二町を占めて位置していた（図5–1参照）。その邸内に「池亭」を設け、「市井の隠」の風雅に思いをはせて『池亭記』を起草したのは天徳《てんとく》三年（九五九）のことであった。ときに親王は、まだ源兼明として臣下の列にあり、正三位中納言の地位にあった。

その後、念願の隠棲の地を嵯峨と定め、『祭亀山神文』を起草して、邸内に水を引き込むべく水脈を探ったのが天延《てんえん》三年（九七五）のことで、このとき親王はすでに従二位左大臣の高位にあって、他の公卿殿上人を従え、政務を主宰する枢要な地位にあった。

だがそのわずか二年後の貞元《じょうげん》二年（九七七）に親王位への復位を迫られ、中務卿の閑職へと追いやられる。この間の経緯を、『栄華物語』は次のように伝えている。

かかる程に大殿（関白兼通）おぼすやう、「世の中もはかなきに（長生きできそうもないので）、いかでこの右大臣（頼忠）、今少し成しあげて、我が代りの（関白の）職をも譲らん」とおぼしたちて、ただいまの左大臣兼明の大臣と聞こゆるは、延喜の帝の第十六の宮におはします。それ御心地悩ましげなり（病気がちだ）と聞こしめして、もとの親王になしたてまつらせ給ひつ。さて左大臣には、小野宮の頼忠《よりただ》の大臣をなしたてまつり給ひつ。右大臣には雅信《まさのぶ》の大納言なり給ひぬ。

この一方的な人事に対しての、その憤懣やるかたなき想いを、歯に衣着せぬ激しい言葉遣いで一気呵成に書き綴ったのが、先に見た『菟裘賦』の文言なのであった。

ちなみに、京のミヤコでのその邸宅の名「御子左」は、一旦は左大臣にまで昇って、その後親王位に返り咲いたことにもとづく名称である。

それにしてもおかしな話だ。天皇周辺の内廷関係の行政文書を一手にあずかる中務省には、長官職である中務卿の下に、大少の輔《すけ》が控えており、三等官として侍従が、四等官として大少内記が配属され、いかに閑職とはいえ、その中務卿の地位に就くことは、主に漢学出身者で構成されるそれら人的ネットワークを一手にたばね、領導する知的交友圏の中心に、みずからを位置づけることにもなったはずである。

そもそも親王は、隠逸の生活にあこがれ、その理想の暮らしを、いままでさんざんに賛美し、謳歌してきたではないか。ならば棚からボタ餅よろしく、日ごろから願っていた悠々自適のその暮らしが、まさに現実のものとなった今こそ、これ幸いと、むしろそれを率先して受け入れ、喜ぶべきなのではないだろうか。したがって『菟裘賦』の序文の文章も、「たまたま」とか、「幸いにも」の語をともなって、順接としてつながるべきであろう。なのに実際は、逆接表現をとっている。

余《われ》、亀山の下に、聊《いささ》か幽居（大堰の山荘）を卜《ぼく》して、官を辞し身を休《きう》し、老を此《ここ》に終へんと欲《おも》ふ。草堂の漸《やうや》く成りぬるに逮《およ》びて、執政者（関白兼通）に、枉《ま》げて（不正な仕方で）陥《おとしい》れらる。君（天皇は）昏《くら》く（愚鈍で）臣（他の公卿殿上人たちは）諛《へつら》ひて、（不当を）愬《うつた》ふるに処なし。命なるかな天なるかな（これも天から与えられた運命なのであろうか）。

文脈の流れはいささか屈折している。それがみずから主体的に選びとった隠逸の暮らしではなくして、外部から強いられたものであることへの異議申し立てを、いままさに、この文章を起草することによって行うに際し、以下のような誤った読み取りの、読者のうちに生じることを、あらかじめ封じておく必要があったからかもしれない。

つまりはこうである。すでに第一幕でも触れたように、白楽天のような「兼済」と「独善」のふたつながらの生き方を、兼明親王はみずからの規範とし、そこに理想を求めてきた。つまりは還暦も過ぎ、六十四歳の高齢となってはいても、政務（俗事）に繁忙を極める「兼済」の生活が一方にあるからこそ、いっときそれを逃れて「独善」の気を養う隠逸の生活へのあこがれでもあった。

だが、日ごろ厭《いと》うていたその政務を取りあげられては、隠逸への想いもたちまち色あせてしまう。ならば今まで事あるごとにくり返してきた隠逸の生活へのあこがれなど、上っ面の観念的なお遊びにすぎず、実のところは、いまだ政務（俗世）への強い執着を残していて、それゆえにこの文章を起草したのではないかとの周囲の誤った理解である。

序文はしたがって、後世の読者へ向け、言葉の行為遂行的《パフォーマティブ》な機能に直接訴えかけるかたちで、次のような文章へと続いていく。

後代の俗士《しょくし》（官途にあって後に続く者たちは）、必ず吾《われ》を罪するに其の宿志を遂げざる（隠逸への日ごろの思いを全うせずに、このような批判的な文章を書いたこと）を以《もち》てせん。然《しか》れども魯の隠（隠公）、菟裘《ときう》の地を営みて（その隠棲先の菟裘の地で）老ひなんと欲ひて、公子翬《き》に（その政治的野心を疑われて）害《そこな》はる（暗殺された）。『春秋』の義（解釈によれば）、その（隠公の）志を賛《たす》け成して（高く評価して）、賢君（賢人君子であった）となせり。後来の君子、若《も》し吾（私という人物）を知る者あらば、これ（隠公と同じ事情にあったこと）を隠すなけん（明らかにしてほしい）。

魯の隠公はみずから政局を退いて「菟裘」の地に隠棲した。にもかかわらず、その政治的野心を疑われ、刺客を差し向けられて殺されてしまった。その隠公の立場にみずからを重ね合わせることで、異母兄の左大臣源高明が、かつて「安和の変」でこうむった左遷の憂き目を、もしかしたら、今また自分もこうむらねばならなかった当時の緊迫した政治情勢に、読者の理解を求める。

前年には二度目の内裏焼亡があって、執政藤原兼通《かねみち》の私邸堀河院を里内裏に、天皇はそこに間借りして、あたかも人質にとられたような状態にあった。兼通による政治の私物化には目に余るものがあり、弟兼家との摂関家内部の確執を背景に、実際なにが起きてもおかしくない状況にあったのだ。

だからというべきか、続く『菟裘賦』の本文は、左遷の憂き目にあった幾多の先人たちの事例を、漢籍文献に求めつつ、失意のうちに隠逸閑居の生活を強いられた、それらの人びとの想いに、限りなき共感を寄せる文章によってつづれ織りされる。首陽山にのがれて蕨《わらび》を摘んだあの「伯夷・叔斉」の故事に始まり、陶淵明《とうえんめい》の「帰去来辞《ききょらいのじ》」の引用に終わる先人たちの生きざまにみずからを擬《なぞら》え、それを紙の上で模倣踏襲し、修辞のレベルで真似てみせることに費やされるのだ。

『菟裘賦』の文章が、後の人々にもてはやされ、絶賛されたのは、官途にあれば清廉をもってこれに努め、もし入れられなければ野《や》に下《くだ》り、隠逸の風雅に心遊ばせて、自らの憂愁の想いを慰めつつ、再起のときを待つという、海彼《かいひ》のいわゆる教養読書人、士大夫層に特有の、例の「兼済」と「独善」という、二つながらの生き方を一身に体現するかたちで、それを一篇の詩文の内に、見事に集約してみせたからであろう。その模倣踏襲のうちに、本朝に在っては少しも評価されず、所詮は絵にかいた餅でしかない律令官人としての理想像を、人びとは兼明親王の姿に重ね合わせ、その去就の内に透かし見たのだ。

そして物語は、親王のその生きざまを、ミヤコを追われ、落剝の身として明石の地にありながら、なんとしても再起をはかろうと願う明石一族の姿に託すことで、率先して引き入れようとする。兼明親王が『菟裘賦』に籠めた思いを、いわば疑似的に再現し、演じてみせる明石一族を物語内に設定することで、そこへと主人公光源氏を引きよせてみせるのである。

四．親王の生きざまを模倣し横領する光源氏

鎌倉時代成立の説話集『古今著聞集《ここんちょもんじゅう》』の伝えるところによれば、兼明親王はなかなかの演技派で、蕃客《ばんきゃく》（渤海使）来訪の様子を模倣、再現してみせる宮中での遊び（演劇）を村上天皇とともに企画し、そのとき親王はまだ中将の位にあったが、主賓としての「渤海大使」の役柄を、威風堂々、見事に演じてみせたとされている。

光源氏が「嵯峨」の地に御堂をしつらえたとする「絵合」巻の設定の背後に、そうした親王の芝居がかったふるまいを、屋上屋を架すようにさらに模倣し、今また再演してみせる意図があったとして少しもおかしくない。だが『菟裘賦』にみてとれる、その強度に見

合うだけの覚悟を、光源氏の御堂造営に見てとれるかどうかは、別問題である。
先にも見たように、「絵合」巻には、御堂を造営した経緯に続けて、語り手による次のような評言が添えられていた。そのなんとも皮肉なニュアンスが、はなはだ気になるところだ。

末の君（自分の子）たち、思ふさまに（自分の思いのままに）かしづき出だして（支援して）見むと思しめすにぞ、とく棄《す》てたまはむこと（出家遁世）は難《かた》げなる。（光源氏は）いかに思しおきつるにか（どのような思わくがあるのか）と、いと（他の人には）知りがたし。

まさしくここが勘どころであり、論の折り返し点となる。
結論から言って、左遷の憂き目に合った先人たちの言動を、積極的に模倣踏襲する親王の、その隠逸への思いを、今また模倣踏襲しようとする光源氏のふるまいは、しかしあまりに手ぬるく、むしろ姑息で軽率にすらみえる。それを象徴するかのような記述が、六条院造営をめぐる「少女」巻に、次のようにみてとれる。

中宮（秋好む中宮）の御町をば、もとの山に、紅葉《もみぢ》の色濃かるべき植木どもを植ゑ、泉の水遠くすまし、遣水《やりみづ》の音まさるべき巌《いはほ》たて加へ、滝落として、秋の野を遥《はる》かに作りたる、そのころ（六条院が完成した八月の秋の時節）にあひて、盛りに咲き乱れたり。嵯峨の大堰のわたりの野山、むとくにけおされたる（色あせ圧倒されてしまうほどの）秋なり。

「ここかしこにておぼつかなき山里人《やまざとびと》などをも集《つど》へ住ません御心」とあるように、紫上の養女として「二条院」に迎え取られた（というよりか、強引に引き離され、奪い取られた）娘の明石姫君とは、「ここかしこ」分かれ分かれに、いまだ大堰の地にとどまり続ける明石の御方を呼び寄せるべく、光源氏は「六条京極のわたりに、中宮の御旧《ふる》き宮のほとりを、四町を占めて」、広大な邸宅を造営する。問題なのは、その一角へと明石の御方を迎えるに際しての記述である。

「嵯峨の大堰のわたりの野山」を模すなら、たとえ水辺空間としての池を欠いていたとしても、それは明石の御方の住まいに当てられた「冬の町」以外ではあるまい。なのに、「州浜台」よろしく、ミニチュア化され、矮小化されたその大堰の景を邸内に持ち込み、率先して引き入れたのは、光源氏の権力基盤ともなった秋好中宮の「秋の町」においてなのである。しかもそんな大堰の景物など、「むとくにけおされたる（色あせ圧倒されてしまう）」ほどのすばらしさだというのだから、その驕り高ぶりようは目に余る。

「六条院」造営における、そもそものボタンの掛け違いが、ここにみてとれよう。明石の御方の側からしてみれば、その腹を痛めた姫君とは強引に引き離され、今また母方の曽祖父「中務の宮」より伝えた由緒ある嵯峨の大堰の景物をも、光源氏によって横領され、秋好中宮の「秋の町」へと、勝手に移し換えられてしまったのである。

だが、事はそれで納まるはずもあるまい。「絵合」の巻の巻末に記された、「とく棄《す》てたまはむことは難《かた》げなる」とか、「いと知りがたし」などとの、語り手による皮肉な物言いから察するに、「六条院」の私的空間に一旦は移し換えられ、横領されてしまった嵯峨のトポスではあったが、ついには四季の町のその空間構成を内側から食い破り、いままで明石一族をないがしろにしてきた光源氏へのしっぺ返しが、やがて始まるに違いない。

五．〈嵯峨〉vs.〈六条〉

舞台はミヤコの西北郊に位置する嵯峨から、六条の地へと移された。これについては、第三幕で触れたように、当初の構想に六条院はなかったとの説を越野優子がとなえていて興味深い。越野が紹介する「少女」巻の異本（別本系）には、「二条京極あたり」（津守国冬所持本）とする本文があり、「二条東院」では足りなくて、光源氏は二条京極の地に、新たに邸宅を構えることとなっていた。それがどうしたわけか、ある段階で六条の地へと構想替えされたらしいのだ。

二条京極から六条京極への変更については、秋好中宮が母六条御息所から伝領した里邸に隣接し、それを拡張する形がとられたことに理由が求められる。だがそれだけだろうか。この「問い」への答えとして、慶滋保胤の『池亭記』とからめ、後中書王具平親王の邸宅「六条千種殿」を意識し、それとのイメージの重なりを想定したものではなかったかとの説を先には立てた。これについては、はやくに藍美喜子の論があり、そこでは、紫式部が保胤の『池亭記』を踏まえて六条院を構想した可能性に言及している。

兼明親王亡きあと、中務卿の職を引き継いで、「後中書王」の名で呼ばれた村上天皇の第七皇子具平親王は、兼明親王と同じく漢学の素養に優れ、数多くの漢詩文を残している。それもあってか、具平親王の周辺には、世に入れられず、卑官に甘んずる漢学者たちがしばしば集い、詩文を介して互いの鬱情をはらす知的交流の場として、いわば〈知〉の文化センターのような働きをしていたらしい。

具平親王はまた仏道への信仰篤く、寛弘四年九月には、入宋した寂昭《じゃくしょう》に、「野人若愚《やじんじゃくぐ》」の仮りの名で、自ら書写した経巻に添えて「書」を送ったことが、『参天台五台山記《さんてんだいごだいさん》』の記述から知られる。

歴史物語の『今鏡』に見える次の記述によれば、その邸宅が立地する六条の地で、親王は晩年に至るまで、世間から隔絶した、高踏的な暮らしに甘んじていたらしい。その親王が珍しく公的な場に顔を見せた様子を、『今鏡』は次のように伝えている。

一条院は〈中略〉常は、春風、秋月の折節につけつつ、花の梢《こずえ》を渡り、池の水に浮かぶを過ぐさず（それら自然の景物を題材に漢詩の会を催して）もて遊ばせ給ひけるに、御叔父の中務宮はじめてその筵《むしろ》（詩宴の場）に参り給へりけるに、（親王は）慣らはせ給はぬ御ありさまに、御冠の額《ひたひ》もつむる（鬱陶しい）心地せさせ給ひ、御帯も御襪《したうづ》（靴下）もいぶせく（窮屈に）のみ覚えさせ給ひけるに、（詩宴の）御遊はじまりて、藤民部卿（斉信）、四条大納言（公任）、源大納言（俊賢）、侍従大納言（行成）などいふ人たち、「周の文王の車の右に載せたる」などいふ詩の序、以言《もちとき》（大江以言）と聞こえし博士の作りたる（その詩序を）、詠じ給ひけるにぞ、御子《みこ》（具平親王）の御かうぶりも御装《よそほひ》もくつろぐやうに覚えさせ給ひて、おもしろくすずしく覚えさせ給ひける。

具平親王がはじめて参会した宮中でのこの詩筵《しえん》は、記録によれば寛弘四年（一〇〇七）四月二十五・二十六の両日にわたって行われたもので、大江以言《おおえのもちとき》による詩序、「周の文王の車の右に載せたる」との文言から、文王が軍師として迎えた太公望呂尚《りょしょう》に親王なぞらえ、歓待しようとした、その場の好意的な雰囲気がうかがえる。

とはいえ、そのわずか二年後の寛弘六年（一〇〇九）七月に、親王は死去しており、四十六歳のその短い生涯のほとんどを、隠者のように暮らした。

親王の私邸「六条千種殿」について角田文衛は、『拾芥抄』や『二中歴《じちゅうれき》』の記述をもとに、六条坊門北、西洞院東に位置して二町を占めるものとする。それに対し川口久雄は、四町を占める広大なものであったとの説を立てる（図5-2参照）。この「六条千種殿」は、後に大江匡房の伝領するところとなり、学問の家として聞こえた大江家に代々伝える、その膨大な書籍類を収納するための「千種文庫」がこの地に置かれた。

ならば漢学者たちの集う〈知〉のネットワークの中心に、具平親王のこの「六条千種殿」のあったことが、あらためて確認されよう。おそらくは作者紫式部も、漢学者の父を介して、その人的ネットワークの末端に、坐を占めていたにちがいない。

嵯峨のトポスと、六条のトポスとをそれぞれ担う、「先中書王」兼明親王と、「後中書王」具平親王の両者を互いに結び合わせ仲立ちする、その要《かなめ》の位置には、「内記上人」の名で知られた慶滋保胤がいた。保胤は具平親王の家庭教師として、ながらくその学問指南役を務め、親王の邸宅「六条千種殿」の周辺、もしくはその一角に、いうところの「池亭」は立地していたとされる。保胤はまた、兼明親王の嵯峨の山荘をたびたび訪ねては、その代表的著作『日本往生極楽記《にほんおうじょうごくらくき》』の完成に向け、親王にしばしば助言を求めてもいた。

「少女」の巻は、光源氏の子息夕霧の学問修養に、多くの筆を費やす巻であった。その学問指南役として登場する「大内記」の人物造形には、この保胤のイメージが重ね合わされているのではないか、ならば夕霧（母方の系譜では孫王となる）には、具平親王の姿が重ね合わせにイメージされているのではないかとの説を、先には立てた。

その立論のねらいは、「生ける仏の御国」（「初音」の巻にみえる表現）とたたえられ、この世の浄土ともみまがうほどに贅を尽くした六条院の空間が、女三宮と柏木との密通事件を契機に、やがて空洞化していくそのことが、すでに構想段階で先取りされていたであろうことを、『池亭記』にいう保胤の「池亭」が、実は紙の上だけのフィクションでしかなかったことと結びつけ、論証しようとするものであった。
その際、立論の最後で「匂宮」の巻に見える次のような記述を取りあげたのだが、今までの論の流れからすると、それについては、また別の読みが可能となるようにおもわれる。

「二条院」とて造り磨き、「六条の院」の春の殿《おとど》とて、世にののしりし玉の台《うてな》も、(明石の御方)ただ一人の末(子孫)のためなりけりと見えて、明石の御方は、あまたの宮たちの御後見《うしろみ》をしつつ、あつかひきこえたまへり。

明石の御方の腹に生まれた姫君は、やがて入内して明石中宮となり、多くの皇子、皇女を儲ける。「二条院」には三宮(匂宮)が、六条院の「春の町」の東の対には女一宮が、寝殿には二宮が住む。一宮はといえば、次代を担う、まごうかたなき儲けの君(東宮)として、内裏に住まいしている。紫上亡きあと、これら宮たちの、母系を介したゴット・マザーとして、明石の御方は、四町を占めた六条院の空間的ひろがりをはるかに超え出て、今やミヤコ世界の全域を、盤石のごとく下支えする存在へと、その位置づけを変えている。
先に見た「絵合」の巻の語り手の評言、「末の君(自分の子)たち、思ふさまに(自分の思いのままに）かしづき出だして（支援して）見むと思しめす」とのものいいが、まさしくここに、皮肉なかたちで実現したことが見てとれる。

六条院造営の当初、「嵯峨の大堰のわたりの野山、むとくにけおされたる秋なり」として、秋好中宮の「秋の町」に取り込まれ、横領されてしまった嵯峨のトポスは、あたかも悪性の腫瘍のように増殖し、肥大化して、取り込められた空間を、その内側から食い破り、結果、光源氏の権力基盤の中枢部を蚕食し、ついにはそれを覆し、見事に奪還してみせるのだ。

これを要するに、兼明親王が『菟裘賦』に打ち籠めた、その呪詛ともみまがうことばの感染力が、物語の世界に大きな反転をもたらす。嵯峨のトポスに揺曳する、世俗を超越した反骨の精神、もしくは隠逸の暮らしへ向けた激しい思いは、主人公光源氏によってではなく、その個人的な思惑を越え出て、むしろそれを裏切るかたちで、物語によって、正しく引き受けられたとこれをとらえることもできよう。

さて、当の光源氏である。第三部「宿木《やどりき》」の巻に至って、ふと思い出したかのように、「嵯峨の御堂」のことが触れられる。そして出家した光源氏が、亡くなるまでの二、三年間を、この地で過ごしたことが明らかにされる。不義の子薫の口を通して語られる光源氏の、物語世界から寂しく退場していったその後ろ姿は、あまりにあわれだ。

故院（光源氏）の亡《う》せたまひて後、二三年ばかりの末（光源氏の晩年）に、世を背《そむ》きたまひし「嵯峨院」にも、「六条院」にも、さしのぞく（立ち寄る）人の、心をさめん方なく（悲しみを静めようもなく）なんはべりける。木草《きくさ》の色につけても、涙にくれてのみなん（私は）帰りはべりける。かの御あたりの（光源氏を中心に集まっていた）人は、上、下、心浅き人なくはべりけれ（かならずしも薄情な人たちではなかったけれど）、方々集《かたがたつど》ひものせられける人々（ご夫人方）も、みな所どころあかれ（離ればなれに）散りつつ、おのおの（俗世を）思ひ離るる（出家遁世を志向した）住まひをしたまふめりしに、はかなきほどの（身分の低い）女房などは、まして心をさめん方なく（どうしていいか分からず）おぼえけるままに、ものおぼえぬ心（至らない心）にまかせつつ（出家して）山、林に入りまじり、すずろなる（見栄えのしない）田舎人《ゐなかびと》になりなど、あはれにまどひ散るこそ多くはべりけれ。

いささか引用が長きに及んだが、不義の子薫のまなざしを通して語られた、「嵯峨の御堂」や「六条院」のその後の姿に見てとれる、皮肉交じりの反転の図式を、しっかりと確認しておきたい。

六．再びの模倣へむけたアイロニー

さて、これとは一見無関係にみえる文章を最後に掲げて、この第四幕の閉じ目としたい。『紫式部日記』の寛弘五年（一〇〇八）十月十余日の条にみえる、次のような記事である。

中務の宮（具平親王）わたりの御ことを（道長は）御心に入れて、（私を）そなたの心よせある（懇意にしている）人とおぼして、かたらはせたまふ（なにかと相談されるの）も、まことに（私の）心のうちは、思ひゐたる事（期待する思いが）おほかり。

男子誕生のめでたさにわきたつ「土御門殿」のあるじ藤原道長は、昼となく夜となく誕生間もない若宮（後の後一条天皇）を抱き上げ、その小水に着衣を濡らされて、「この宮の御しと（おしっこ）に濡《ぬ》るるは、うれしきわざかな」と、手ばなしの好々爺ぶりを示す。その際のこと、傍らに控える式部に、子息頼通《よりみち》の婿入り先につき、相談を持ちかけたのである。

文中にみえる「中務の宮わたり」とは、いうまでもなく「後中書王」の名でよばれた具平親王のこと。当時道長は、子息頼通と具平親王の娘隆姫《たかひめ》との婚儀を望んでいたらしく、『栄華物語』の「初花《はつはな》」の巻は、その後の婚姻の経過を、具平親王側の視点によりそいながら、丹念に跡づける。先にも述べたように、式部の父為時や亡夫宣孝は、どちらも具平親王家に家司《けいし》として仕えたことがあり、その縁故もあってか、この時点で道長は、式部になんらかの仲介役を期待したのであろう。

仲介の労をとるからには、式部としてもその「反対給付」をおおいに期待したいところだ。だがそのおもわくはかなわなかったようで、若宮の親王宣下に際し、みずからの係累（父為時や弟惟規など）も含め、その論功行賞から漏れてしまった人びとの様子を、「（同じ）藤原ながら門《かど》分かれたる（違う家筋のもの）は、列にも立《た》ち給はざりけり」と自嘲気味に記しつけている。

また「宮（若宮）の家司、別当、おもと人（従者）など、職《しき》（親王家を構成する職員）さだまりけり。かねても（あらかじめ）聞かで、ねたき（妬ましく思う）こと多かり」と、その人選の恩恵にあずかることのなかった、おのれの疎外された立場を、あらためて思い知らされてもいる。

寛弘五年十月のこの時点で、物語がどこまで書き進められていたのか、それは論証不能である。だが、「男は妻《め》がら（妻の家柄が大切）なり。いとやむごとなきあたり（高貴な血筋＝王統腹／源氏）に（婿として）参りぬべきなめり」として、具平親王家との姻戚関係を強く望み、みずからの権力基盤にそれを引き入れ、有効活用しようとする道長の政治的思わくを、光源氏のそれと重ね合わせてみるなら、明石一族を介して嵯峨のトポスを取り込むことで、『池亭記』や『菟裘賦』に示された兼明親王の隠逸の志向を模倣し、さらにはその後継者の位置づけにある具平親王の「六条千種殿」を念頭に置きつつ、「少女」の巻で六条院造営に着手した光源氏のふるまいとの奇妙な暗合を、そこに見てとることができはしまいか。

とはいえ、冷ややかに醒めた式部のまなざしは、先に見た、不義の子薫の眼に映じた光源氏晩年の姿を通して、これからの物語の行く末を、はるかの先まで透かし見ていたように思われてならない。

第五幕
「怨霊」の行方

キーワード：ゲニウス・ロキ・六条御息所・嵯峨隠君子

問題の所在──「土地」の記憶

「住まい」について考えるとき、まずはその空間的な広がりが思い浮かぶ。敷地面積がどれほどで、各部屋の配置はどうなっていて、出入り口の位置はどこか。さらには動線としての街路との結びつきや、その立地する周囲の街の様子などが、まずは念頭に思い浮かぶ。だが、そのようにしてこの世界の内に場所を占め、「住まう」ことは、一過性の出来事に終わらない。その場所を「住まい」と定めた、いくたの人びとの暮らしの痕跡をも、場所は、次第と蓄積していく。その土地の地勢的特性と相俟《ま》って、人びとの暮らしに伴う、過去の記憶の集積により、さまざまに意味づけされ、利活用されて、いい意味でも、悪い意味でも、それこそ手垢にまみれ幾重にも重層化された時間の痕跡をも含み込んで「場所」はある。

そこはユークリッド幾何学の、X、Y、Zの三次元座標で現わされるような、同質化された単なる物理的空間なのではない。空間をその内側からでなく、外側からとらえることで、坪単価いくらで取引されるような、単なる商品なのでもない。また、建築上の法規に反しなければ、周囲の景観を無視してまで、好き勝手に土地利用を押し進めていいわけでもない。

と言いつつも、経済原則を最優先に、それらのことを、恥ずかしげもなく、あからさまに行なってきたのが、近代という時代なのであった。

ローラーでならすように、全てを均一化し、定量化していくそうした近代の論理にあらがって、個々の場所的特性に着目し、そこに霊的（スピリチュアル）なものを見いだしていったのは、世紀末イギリスの造園家たちであった。

産業革命発祥の地として、近代の論理を率先して押し進め、あらゆる領域で、大量生産、大量消費の工業化を徹底させてきたイギリスだからこそ、その反動として、職人による手作りのよさにあらためて価値を見いだす、アーツ・アンド・クラフト運動なども起こってくる。それと連動して、土地の持つ独特の雰囲気を、古代ローマから借りてきたゲニウス・ロキ（Genius loci）ということばでもってとらえかえし、重要視するようにもなった。「ゲニウス」とはそもそも、生む人、それも特に父性をあらわす性格のものであったが、そこから特定の人たちを守護する精霊、もしくは精気といったような考え方へと移行し、さらには人に限らず、さまざまな事物に対する守護霊の意味にも拡張して用いられるようになった。それに、場所や土地を意味する「ロキ」という言葉が結びついて、「ゲニウス・ロキ」という概念が生まれた。大地の精霊よろしく、しばしばそれは、「蛇」の姿にかたどられ、図像化された。

フランス式の幾何学庭園（ベルサイユ宮殿の庭がその典型としてある）に対抗し、自然の景観をそのままに模して、いわゆる英国式庭園のスタイルを確立した造園家アレクサンダー・ホープは、『バーリントン卿への書簡』（一七三一）の中で、各々の土地が持つ固有性を重視することの必要を訴え、ゲニウス・ロキという言葉でそれを言い表した。以降、ゲニウス・ロキは、土地の特質を読み解く上での鍵概念とされ、造園家だけでなく、建築家の間でも取り上げられ、建物を建てる際に考慮すべき、重要な要素のひとつと見なされるようになった。

日本語では、ゲニウス・ロキは「地霊」と訳される。しかし、一度近代を経ているわけだから、これを従来からある土地神様とか産土神《うぶすながみ》といった鎮守の森と同等の、前近代的な信仰形態と混同してはならない。土地と人との長期にわたるかかわりのなかで、文化的、歴史的、社会的に形成された、その地勢的な特性からうかがい知れる、いわば土地柄のようなものであり、その場所が漂わせる独特の雰囲気というか土地の風貌（＝顔）のようなものとして、これはとらえられなければならない。

「地霊」というこの概念を引っさげて、日本各地の、土地と、人と、建物との係わりを歴史的に探った建築史家として、鈴木博之の名を挙げることができる。その著『東京の地霊』（一九九〇）の中で鈴木は、クリストファー・サッカーの著書『庭園の歴史』のゲニウス・ロキについての説明を紹介して、次のように言っている。

彼（サッカーのこと：引用者注）は「ある場所の『雰囲気』がそのまわりと異なっており、ある場所が神秘的な特性を持っており、そして何か神秘的なできごとや悲劇的なできごとが近くの岩や木や水の流れに感性的な影響をとどめており、そして特別な場所性がそれ自体の『精神』をもつとき」、そこには「ゲニウス・ロキ」があると述べるのである。

いささか唐突に思われるかもしれないが、こうしたゲニウス・ロキの考え方を理解するうえで、多くの示唆を与えてくれる身近な例として、複式夢幻能に代表される能の演目がある。能においては、視霊者（ワキ）の訪れを待つ、その土地や場所の地名、すなわち固有名が、ことのほか重視されるからだ。

固有名で示される、他のどこでもない、その場所的特性は、他に替えがたい固有の歴史や、固有の悲劇的な物語によって裏打ちされている。それを救い上げ、仮設の舞台の上に現出させるのが、能の演出上の眼目なのである。

たとえば修羅物《しゅらもの》に分類される「実盛《さねもり》」は、源平争乱のさなか、加賀の国、篠原の里で討ち死にした平家方の武将斎藤別当実盛を、主人公（シテ）として登場させる。すでに七十過ぎの老齢に達していた実盛は、敵にあなどられまいとの思いから、自らの白髪を墨で黒く染め、最期の一戦に臨む。討ち取られたその首を、池の水で洗ったところ、白髪が現われて、首のあるじが実盛であることが、ようやく明らかとなる。その悲劇的な物語は、『平家物語』に語られて、人びとのよく知るところとなった。

実盛没して二百三十年後の応永二十一（一四一四）年三月の、とある日、その篠原の故地を尋ねて実盛の霊を弔った遊行上人の前に、実盛の霊が実際に立ちあらわれたという。その出来事に触発されて、世阿弥はこの「実盛」の演目を作った。

狂言と違って能の場合、場所の特定が、その演目のはじめで必ずなされる。なぜなら、なにがしかの歴史や物語を担ってその場所はあり、その地のたたえる雰囲気というか風貌（＝顔）を擬人化し人格化したものとして、シテの立ち顕われがあるからだ。「実盛」の演目でいえば、加賀の国、篠原の里に巣食う、まさしくゲニウス・ロキとして、その亡霊は立ち現われたという構図となろうか。

ここで気を付けておくべきは、特定の場所と結び付きながらも、能の演目はすべて、仮設の舞台（それは先にも述べたように、しばしば河原であったりもする）で演じられた点だ。別の言いかたをすれば、仮設の舞台は、それが仮設であるがゆえに、特定の場所との関係から切れており、それゆえにこそ逆説的に、その演目ごと、どこにでもなりうる虚構のトポスとしてあるということなのである。

なればこそ、加賀の国、篠原の里と名指され、特定されることで、たとえその舞台が、京のミヤコの賀茂の河原に立地していたとしても、舞台の上は、たちどころに篠原の里となってしまう。そうした「約束事」の上に、能の演目は成り立っているのである。

こうしたことを、あえて強調するのには、それなりのわけがある。源氏物語のような虚構を題材にあつかう演目が、その延長線上に、立ちあらわれてくるからだ。源氏物語はフィクションである。そこに登場する人物も、その人物が「住まい」したとされる場所も、実のところ歴史的には実在していない。だが、仮設の舞台において場所が特定されたなら、それが仮設であるがゆえに、あたかもその場所が実在したかのようなリアリティをもって、受けとめられることになる。

そうした演目のひとつに「葵上《あおいのうえ》」がある。舞台は、葵上の「住まい」する、ミヤコの三条左大臣邸に設定されている。ただし「葵上」は、先に紹介した「実盛」の演目と違って、複式夢幻能ではない。いままさに生きてある六条御息所の「生霊」を登場させる、現在能なのであって、源氏物語の世界を同時代の出来事として、そのまま舞台の上に再現しようとする、特異な演目なのである。

作者は世阿弥のひとつ前の世代にあたる犬王《いぬおう》(道阿弥)で、それだけに能の古い形態を伝えているとされている。

現行の「葵上」の演目では省略されているが、源氏物語で語られた「車争い」の出来事を可視化して示すため、御息所の生霊は、車添《ぞ》いの女房を伴いつつ、つくりものの車に乗って登場することになっていた。しかし現行の演目では、車のつくりものが省かれ（それは能の詞章のなかでだけ語られる）、また車添いの女房の登場も省かれてしまったため、葵上に味方する照日《てるひ》の巫女《みこ》（ツレ）と、御息所に味方する車添いの女房とが、女主人のあいだに分け入って、なんとかそれを仲裁しようとする双方の対比的な役割が失われてしまっている。

それだけではない。後場での横川《よかわ》の小聖（ワキ）による調伏《ちょうぶく》の場面は、現行の演目では、御息所（シテ）と地謡のセリフの掛け合いで進むのだが、もとは地謡と横川の小聖（ワキ）の掛け合いとなっていて、御息所のセリフはなかった。つまりはどういうことか。鬼女へと変貌し、すでに人間の閾《いき》を越えて、おぞましき霊物となってしまった御息所は、もはや言葉を失っており、ひたすら調伏され、一方的に追いやられる設定となっていたのである。

犬王の原作は、総体にドラマチックで、登場人物も多く、華やかな「見世物」としての可視的要素が強い。したがってシテ以外の登場人物の役割にも、かなりの比重が割かれている。それに対し世阿弥の手の入った現行曲では、引き算の美学とでもいうべく、その構成要素を最小限に切り詰めることで、嫉妬に狂う御息所の、おぞましくも悲しい姿に、ひたすら焦点化していこうとする。その結果、車添いの女房の役割を照日の巫女が肩代わりして、御息所とともに葵上を打擲するといった、なんとも不自然なセリフのやりとりともなり、シテ一人主義の弊害も、そこにあらわれている。

どちらの形態が好ましいかについては、説の別れるところであるが、「葵上」の演目については、そうした事情のあることを知っておくことが肝要であろう。

一・起点としての六条御息所邸

ということで、六条御息所である。いままで、第一幕から第四幕までを通して、「六条院」を構成する四つの町のうち、「冬の町」と「春の町」、そして「夏の町」のその後のなりゆきを、ザッとではあるが、ひとわたり見てきた。では残る六条御息所の旧邸「秋の町」は、その後、どうなったのであろうか。

「少女」の巻の記述によれば、光源氏が「六条院」を構想した際、その起点に位置して、もっとも重要な役割を担ったのが、後に「秋の町」となる「中宮の御旧《ふる》き宮」であった。


六条京極のわたりに、中宮（六条御息所の娘）の御旧《ふる》き宮のほとりを、四町《よまち》を占《し》めて造らせたまふ。

「御旧き宮」には、元からそこに「住まい」していた、ふるさととしての「里邸」の意味が響かせてある。斎宮の任を解かれた娘に伴われて、伊勢の地から、ふたたびミヤコへと帰ってきた御息所の様子が、「澪標《みおつくし》」の巻では、次のように語られていた。

なほ、かの六条の古宮《ふる》をいとよく修理《すり》しつくろひたりければ、みやびかに住みたまひけり。よしづき（洗練され）たまへること古《ふ》りがたく（過去のものとはしがたく）て、

であれば「旧（古）宮」は、長らく留守にしていた「里邸」を指すという理解も間違いではない。とはいえ六条御息所邸に対する、この古さの強調は、単なる「里邸」の意にとどまらない、過去の歴史を引きずった、なんらかの時間的奥行きを感じさせる。別の言い方をすれば、しかるべき物語を背後に隠し持った、たとえば白楽天の『凶宅』詩に言うような「いわくつき」の場所として、その表現が、あえて選び採られたとも考えられるのだ。

その物語とは、言うまでもなく六条あたりの「なにがしの院」で夕顔を取り殺し、さらには「三条左大臣邸」にまで出向いて行って、産褥の床にある葵上を死へと追いやった、あ

のいまわしき過去の記憶にほかならない。ここで問題とすべきはしたがって、そうした「いわくつき」の場所を、あえて選び採るかのようにして、「六条院」の造営がなされたのはなぜかということ、これである。

この問題を考えるに際し、大江匡房の談話集『江談抄』の巻三に「融大臣の霊、寛平《かんぴやう》法皇の御腰を抱く事」として見える、京極御息所のスキャンダラスな事件をも、合わせ視野に入れておく必要がある。

資仲《すけなか》卿の曰はく、「寛平《かんぴやう》法皇（宇多上皇）、京極御息所（藤原時平の娘褒子）と同車して河原院に渡り御《おは》し、山川の形勢を観覧せらる。夜に入りて月明らかなり。御車の畳を取り下ろさしめて御座《おまし》となし、御息所と房内の事を行なはしむ。殿中の塗籠《ぬりごめ》に人あり。戸を開きて出で来る。法皇問詰《もんきつ》せしめ給ふ。対へて云はく、『融にて候ふ。御息所を賜《たま》はらむと欲す』といふ。法皇答へて云はく、『汝は在生の時臣下たり。我は主上たり。何ぞ猥《みだ》りにこの言を出ださむや。退《まか》り帰るべし』といへれば、霊物恐れながら法皇の御腰を抱く。御息所半ば死にて顔色を失ふ。〈下略〉

この逸話を語り伝えた藤原資仲は、小野宮藤原氏の流れをくみ、後三条天皇に仕えて権中納言にまで至った人物で、匡房よりは二十歳ほどの年長であった。

なお源氏物語の注釈書『河海抄』では、「霊物御息所の御腰を抱く」としてこの話を紹介し、「夕顔《ゆうがお》」の巻の典拠に位置づけている。『江談抄』の文章の、「霊物恐れながら法皇の御腰を抱く。御息所半ば死にて顔色を失ふ」とある不自然な語句のつながり具合からして、融の霊が抱き付いたのは、宇多法皇ではなく、むしろ京極御息所の御腰の方であったろう。腰を抱くその行為は、融の霊によって御息所が強姦されたことを暗示している。

そういえば「六条院」は、源融の造営した河原院をモデルとし、それをあからさまに上書きするようにして、物語の中に設定された邸宅でもあった。なればこそ、問いはくりかえされなければならない。そうした「いわくつき」の場所を、あえて選び採るようにして、「六条院」の造営がなされたのはなぜなのか。

さらに言えば、六条御息所の出自の問題にも触れておかなければなるまい。「葵《あおい》」の巻の冒頭、「まことや（そういえば）、かの六条御息所の御腹の前坊《ぜんぼう》（先の皇太子）の姫君、斎宮《さいぐう》にゐたまひにしかば（伊勢斎宮に選ばれたので）」とある記述から、六条御息所は先の東宮妃であったことが知られる。

さらに「賢木《さかき》」の巻では、「（御息所の）父大臣《おとど》の限りなき筋に（高貴な血筋への嫁入りを）思《おぼ》し心ざして〈中略〉（御息所は）十六にて故宮《こみや》（先の東宮）に参りたまひて、二十にて（その東宮に）後《おく》れたてまつりたまふ」とあるように、父は大臣の地位にまで昇った、それなりの家の出であることが次第と明らかにされていく。

六条の「旧宮」にひっそりと暮らす御息所の背後には、実は、当時の宮廷社会（言うまでもないことだが物語世界の中での）の一角に、娘を皇太子妃として宮中に入れた、「六条大臣家」ともいうべき有力な家が控えていたことを、読者は知るのである。

物語はすべてを語りはしない。光源氏と係わりを持つ限りでの、最小限の情報しか、提供してはくれないのだ。

そうした断片的な記述を、さらに拾い上げていくなら、先の「澪標」の巻の記述に続けて、その六条の「旧宮」の様子が、次のように語られていたことに気づかされる。

まことや（そういえば）、かの斎宮《さいぐう》もかはりたまひにしかば（斎宮の任を解かれたので）、御息所（伊勢からミヤコへと）のぼりたまひてのち、〈中略〉かの六条の古宮をいとよく修理《すり》しつくろひたりければ、みやびかに住みたまひけり。よしづき（洗練され）たまへること古《ふ》りがたく（過去のものとはしがたく）て、よき女房など多く、すいたる（風流を好む）人の集《つど》ひ所にて、ものさびしきやうなれど（政治的な勢いはないものの）、心やれる（思うがままの）さまにて（日頃を）経《へ》たまふほどに、

先にみた具平親王の六条千種邸にも似て、もはや政治的にはなにほどの力もない傍系の立場に、六条御息所邸は置かれている。しかし六条千種殿が、慶滋保胤をはじめとする男性漢詩人たちの集いの場であったのに対し、その女性版ともいうべき、風流を好む趣味人たちの集まる、由緒ある場所としての位置づけがされている。

出家して尼となり、ひとり残された娘（秋好中宮）を光源氏に託して、御息所はまもなくこの世を去る。その晩年に尼となることで、生霊として猛威を振るった、かつての忌まわしき記憶は相殺《そうさい》され、浄化されたはずである。それに代えて、今や六条御息所邸は、趣味人たちの集まる洗練された場所としての特質を、おおいに発揮し始める。

かくして光源氏は、「六条京極のわたりに、中宮（六条御息所の娘）の御旧《ふる》き宮のほとりを、四町を占めて」、おのれにとっての「終の棲家」とすべく、「六条院」を造営するのだ。

源氏物語の研究者で詩人でもある藤井貞和は『源氏物語論』（二〇〇〇）において、おぞ

ましきマイナスの力をプラスに転じ、むしろそれを積極的に守護霊化していく当時の概念操作の映しを、そこに見てとっている。野ざらしにされた死骸があちこちに散らばる葬送地としての北野の地に、怨霊としてあらわれた菅原道真が、後にはミヤコの北の守りとして守護霊化されたように、そうした事例は枚挙にいとまがない。

であるなら、亡き六条御息所の霊的な力（パワー）を、それこそゲニウス・ロキよろしく、深く宿したその場所を起点にすえて、「六条院」の豪壮な邸宅群が立ち上がって来るのも、理解できないわけではない。御息所はすでにない。だが守護霊としてのその存在感をあちこちから感じ取れ、そうしたおどろおどろしい〈気〉に満ちた空間として「六条院」はあった。

だが、はたしてそれでよかったのであろうか。物語は必ずしも、予定調和で終わらない。特に第二部に入ってからは、思わぬ事態の出来《しゅったい》があって、少しもおかしくない。

二　死霊の出現ということ

ジェンダー批評の観点からは、批判を避けられないであろう。しかし子を産むか産まないかは、当時として家の存続にかかわる重大事であった。まして政治的には、子のありなしが、みずからの浮沈を賭けた極めて重要なことがらとしてあった。娘を競って天皇の下へ入内《じゅだい》させ、皇子皇女の誕生を心待ちする当時の心性からして、それは当然のことでもあったろう。

だから光源氏も、御息所から託されたその娘を養女として迎え、冷泉帝の後宮へと送り込むだけで満足しない。その政治力を縦横に駆使して（絵合わせや物語合わせなどの文化の力としてそれは発揮されるのだが）、他の女たちを押しのけ、ついには中宮の地位にまで押し上げる。

こうして誕生した「秋好中宮」ではあるが、冷泉帝とのあいだに子を儲けることが、ついになかった。ここに光源氏の大きな誤算があり、それゆえであろうか、亡き御息所の霊が、またぞろ、うごめき出す。

六条院「春の町」での女三宮との確執に疲れ、病を得た紫上は、「若菜下」の巻で「二条院」へと退去するものの、たちまち危篤状態におちいる。紫上のその病床に、御息所の死霊が、もののけとしてあらわれたのだ。

もののけの語るその言葉はあまりに饒舌で、言わせておけば切りがない。だからであろう、物語は次のように語って、その発言を、強引に封じ込める。

（娘の秋好中宮が）斎宮におはしまししころほいの（仏事を避けていた）御罪、軽《かろ》むべからむ功徳《くどく》のことを、かならずせさせたまへ。いと悔しきことになむありける」など、（御息所の死霊はあれこれと）言ひつづくれど、物の怪《け》にむかひて、物語り（対話問答）したまはむもかたはらいたければ（不愉快なことなので）、（光源氏はもののけを）封《ふう》じこめて、上《うへ》（紫上）をば、また他方《ことかた》に忍びて渡したてまつりたまふ。

もののけの語る言葉のあつかいは難しく、当時の人たちとしても、それをすべて信じていたわけではない。敵対する家の利害を代弁する立場から、もののけの発言というかたちで、それを口の端《は》にのぼせる場合も、ままあったからである。この観点に立てば、「秋好中宮」の利害を代弁し、それを取り巻く女房たちの意向が、もののけの言葉には反映されていると理解すべきである。

だからであろう、御息所本人であるかどうかの確証を得るため光源氏は、依りましの童《わらわ》を相手に、次のように問い糾《ただ》す。

「まことに（御息所）その人か。よからぬ狐などいふなるもののたぶれたる（気のふれたの）が、亡《な》き人の面伏《おもてぶ》せなる（不名誉な）こと言ひ出づるもあなるを。たしかなる名のりせよ。また人の知らざらむ（他の人は知らない）ことの、（私の）心にしるく（ありありと）思ひ出でられぬべからむ（事柄）を言へ。さてなむ、いささかにても（少しは御息所のもののけだと）信ずべき」とのたまへば、ほろほろといたく泣きて、

「わが身こそ　あらぬさまなれ（あなたは）それながら（昔のままに）そらおぼれする（空とぼける）君は君なり

いとつらし、つらし」と、泣き叫ぶものから、さすがにもの恥ぢしたるけはひ（御息所に）変はらず、なかなかいと疎《うと》ましく（気味が悪く）心憂《こころう》ければ、もの言ひはせじ（これ以上は受け答えすまい）と思《おぼ》す。

季節はちょうど賀茂祭のころ。例の「葵」の巻での「車争い」を思い起こさせるように、それがトリガーとしてはたらいたにしても、御息所の亡霊が紫上にとり憑りついたのは、いったいなぜなのか。

「この人（紫上）を、深く憎しと思ひきこゆることはなけれど、（光源氏の周辺は）まもり強く、いと（ずいぶんと光源氏の）御あたり遠き心地してえ近づき参《まゐ》らず、（光源氏の）御声をだに（さえも）ほのかになむ聞きはべる」と述べていることから、御息所の死霊は、光源氏と

の直接対話を望んでおり、紫上に特段恨みがあったわけではないらしい。紫上との寝物語のなかで御息所を話題にのぼせ、その人柄をやんわりと批判したことはあったが、それは光源氏がしたことであって、紫上はただそれを聞いていただけ、なのだから。

とはいえ御息所の死霊は、「柏木《かしわぎ》」の巻でもふたたび現れる。不義の子薫を出産して後に、自責の念から女三宮は出家する。その女三宮を出家に追いやったとする文脈の中で、御息所のもののけがあらわれ、次のように語るのである。

「かうぞあるよ（してやったり）。（光源氏は）いとかしこう（紫上の命を）取り返しつと、（紫上）一人をば（大切に）思したりしが、いとねたかりしかば（妬ましかったので）、この（女三宮の）わたりにさりげなくてなむ日ごろさぶらひつる。今は帰りなん」とてうち笑ふ。いとあさましう、さは、この（御息所の）物の怪《け》の、ここ（女三宮）にも離れざりけるにやあらむ、と（光源氏は）思《おぼ》すに、（女三宮が）いとほしう（かわいそうで、出家させてしまったのを）悔《くや》しう思さる。

心身錯乱の中での発言だから、もののけの言葉はしばしば整合性を欠き、あれこれ言うその発言は、内部で矛盾を来たす場合も多い。だからその言葉のうちのどれに焦点化するかで、受けとめ側の理解も違ってくる。

紫上に恨みはないと、先には言っていたはずではなかったか。にもかかわらず、ここでは紫上を取り殺すまで至らなかったことを後悔し、それに代えて女三宮を出家に追い込んだことを喜んで、勝利宣言するまでに至っている。

「問い」はしたがって、次のように立てられなければならない。御息所の死霊が依り憑《つ》く相手は、紫上と女三宮とに限られ、なぜ明石の御方ではないのかということ、これである。ついに子を儲けることのなかった娘の秋好中宮の思いを代弁してか、あるいは源氏の子をついに宿すことの叶わなかった、その自らの恨みを晴らすためにか、六条御息所の霊がくりかえしもののけとして現われるその相手は、端的に言って、光源氏の子を宿し、産んだ相手に限られている。葵上しかり、そしていままた、紫上と女三宮とが、その憑りつくべき対象となる。

だが言うまでなく、その人選は当を得ていない。その向かうべき方向を、完全に誤っている。

紫の上はついに子を産まず、代わりに明石の姫君を養女として引き取り、育てているだけだ。女三宮の産んだ子は、もとより光源氏の子ではない。ここには血のつながりの面での、「実質」と「形式」とのあいだに齟齬《そご》があり、そのズレが、どうやら御息所のもののけには見えていない。

母系の系譜で言えば、明石の姫君の場合、実質の母（明石の御方）と形式上の母（紫上）とで齟齬を来たしており、父系の系譜でいえば、薫の場合、実質の父（柏木）と形式上の父（光源氏）とのあいだで齟齬がある。御息所のもののけは、形式上のそれをターゲットと定め、実質については盲目なのだ。その「形式」と「実質」の網の目をすりぬけて、明石の御方だけはその攻撃を、かろうじてまぬがれている（図4図13参照）。

実質ではなく形式上の親子関係にしか目のいかない御息所のもののけにとって、娘の秋好中宮を、光源氏が養女に迎えたことは、どのように映るのであろうか。

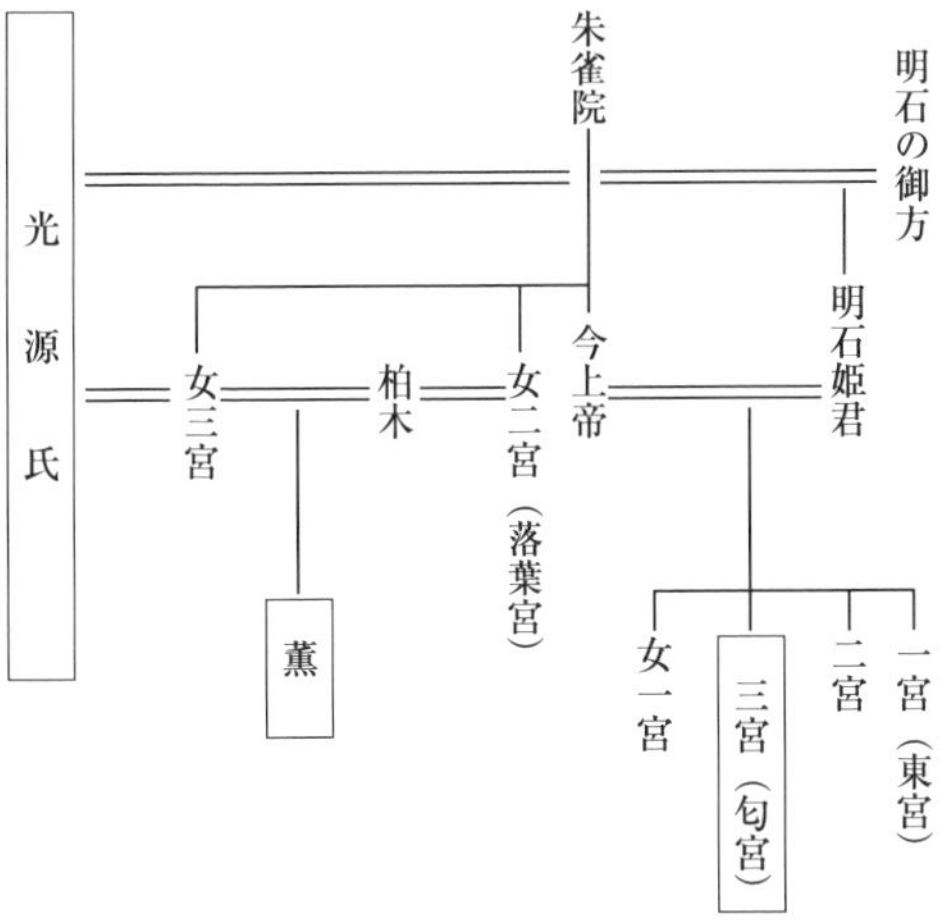

図13　源氏物語関係系図（薫誕生以後）

父系の系譜で言えば実質（先坊）と形式（光源氏）との齟齬ということになるわけだが、「中宮の御ことにても、いとうれしくかたじけなしとなん、天翔《あまかけ》りても（空を超えても）見たてまつれど」と、一応は感謝の意を示しつつも、娘の秋好中宮はいまだ子宝に恵まれず、このままでは、いずれにしろ家の断絶は必至である。もののけの発動は、そのあせりのあらわれでもあったか。

なればこそ、娘の秋好中宮は母御息所のもののけの跳梁を苦慮して、御息所がその妄執から逃れるための手立てを、あれこれと考えざるをえない。いまは退位した冷泉院とともにひっそりと暮らす身で、六条院の「秋の町」への里下がりはなかなか叶わない。そうした中、「鈴虫《すずむし》」の巻で、訪ねてきた光源氏を相手に、秋好中宮は母御息所の亡魂を供養すべく出家を願い出て、次のように語るのである。

亡《な》き人（母御息所）の御ありさまの（死霊としてたびたび現われた）罪軽《かる》からぬさまに（私は）ほの聞くことのはべりしを、〈中略〉いかで、よう言ひ聞かせん人（徳の高い僧侶）の勧《すす》めをも（私は）聞きはべりて、（私）みづからだに（出家して）、かの（母御息所の地獄の責め苦の）炎をも冷《さ》ましはべりにしがなと、やうやう（自分の歳が）積もるになむ、（私は）思ひ知らるることもありける。

先に見た能の演目「葵上」を思わせる結末といえようか。

その後、子のない秋好中宮は、晩年の光源氏の意向を受け、出家した女三宮が育児放棄した、不義の子薫を手元に引き取る。冷泉院もこれを喜び、母御息所の罪滅ぼしでもあるかのように、二人で大切に、この薫を養育したことが、「匂宮」の巻に見えている。しかし冷泉院の父が、実は光源氏であり、薫の父が、実は柏木であるという、その血筋の上での「実質」と「形式」とのあいだの齟齬に、もちろんのこと、秋好中宮は気づいていない。かつての六条御息所の死霊が、そうであったように。

三.「野の宮」のトポス

六条御息所のもののけを追いかけて、いままでながながと論じてきたわけだが、ここで確認しておきたいことはただ一点、六条院の「秋の町」もこうして空洞化し、その当初の、ゲニウス・ロキともいうべき場所的特性を次第に希薄化させて、ついにはその霊的な力を減退させていくということだ。

こうした「秋の町」の、最終的に行き着く先を見てとるとき、「少女」の巻でのその造営に際し、気になる記述のあったことに、あらためて思い至る。すでに第四幕「「隠者」の面影」でも触れたことのくり返しとなるが、そこにはこうあった。

中宮（秋好む中宮）の御町をば、もとの山に、紅葉《もみぢ》の色濃かるべき植木どもを植ゑ、泉の水遠くすまし、遣水《やりみづ》の音まさるべき巌《いはほ》たて加へ、滝落として、秋の野を遥《はる》かに作りたる、そのころ（六条院が完成した八月の秋の時節）にあひて、盛りに咲き乱れたり。嵯峨の大堰のわたりの野山、むとくに（見る影もなく）けおされたる（圧倒されるほどの）秋なり。

「嵯峨の大堰のわたりの野山」を模すなら、それは明石君の住まいに当てられた「冬の町」以外ではあるまい。なのに、率先してそれを引き入れたのは、秋好中宮の「秋の町」においてなのであった。

ここは「嵯峨の御堂のわたりの野山」とあってもよかったのに、わざわざ「大堰」という、固有の地名まで挙げて示されることで、その標的は、おのずから絞り込まれてくる。しかも「むとくにけおされたる（見る影もなく圧倒されてしまうほどに）」とあるのだから、その驕り高ぶりようは目に余る。

秋好中宮の「秋の町」にも、聖なる空間としての嵯峨のトポスとのかかわりが、なかったわけではない。出家してしまった女三宮の「住まい」にふさわしく、「鈴虫」の巻で光源氏は、「春の町」の西半分を「おしなべて（あたり一面）野に造らせ」、そこに秋の虫を集めて解き放つ。その虫の音に耳傾けながら、女三宮を相手に、「松虫」と「鈴虫」とを比較して、次のように語るのである。

> 秋の虫の声いづれとなき中に、松虫なんすぐれたるとて、中宮（秋好中宮）の、遥《はる》けき野辺《のべ》を分けていとわざと尋ねとりつつ（松虫を）放たせたまへる、（松虫は）しるく鳴き伝ふるこそ少なかなれ。（松というその）名には違《たが》ひて、命のほどはかなき虫にぞ（松虫は）あるべき。心にまかせて、人聞かぬ奥山、遥けき野の「松原」に声惜しまぬも、（松虫は）いと隔て心ある虫になんありける。鈴虫は心やすく、いまめいたるこそらうたけれ。

これによれば秋好中宮は、「遥けき野辺」から松虫を集めてこさせ、これをみずからの「秋の町」の庭に放ってその声を楽しむことを、好んで行っていた。それをまねての「春の町」での今回の趣向ではあったのだが、秋好中宮の「秋の町」がその領域を拡大して、「春の町」の西半分をむしばんでいく一連の動きとして、これをとらえることが肝要だ。加えて当のその「秋の町」にしてからが、「嵯峨」のトポスによって内側から次第とむしばまれ、浸食されていく構図も見ておかなければならない。

それはともかく光源氏の評価は、ここでもまた、広大な自然の中で勝手気ままに鳴く「松虫」よりも、人工的な庭先で親しげに鳴く「鈴虫」の方に傾く。

では秋好中宮の場合、「鈴虫」でなく、なぜ「松虫」だったのか。それには、「賢木」の巻で語られる、嵯峨野の野宮《ののみや》での、母六条御息所と光源氏との別れ光景が背景にあった。

出《い》でがてに（その場を立ち去りがたく）、（御息所の）御手をとらへてやすらひ（しばしためらい）たまへる（光源氏の様子は）、いみじうなつかし（魅力的でおやさしい）。風のいと冷やかに吹きて、「松虫」の鳴きからしたる声も、をり知り顔なるを、さして思ふことなきだに、聞き過ぐしがたげなるに、ましてわりなき（どうしようもない）御心まどひどもに、なかなか（御息所は歌を詠み返す）こともゆかぬにや。

（御息所の歌）おほかたの　秋の別れもかなしきに　鳴く音《ね》な添へそ　野辺《のべ》の「松虫」

悔《くや》しきこと（伊勢への下向を思いとどまらせることができなかったこと）多かれど、かひなければ、明けゆく空もはしたなふて（きまりが悪くて光源氏は）出でたまふ。

ひたすらに源氏の訪れを待ち続け、ついにそれのかなわなかった母御息所の生きざまを象徴するのが、「松虫」だったのである。

であるなら、御息所の嘆きの声を代弁する「松虫」を、秋好中宮があつめさせた「遥けき野辺」は、嵯峨野の野宮の地であったに違いない。

皮をむかないままの「黒木の鳥居」が目印の野宮は、それこそ、光源氏の嵯峨の御堂と、明石の御方の大堰の山荘との、ちょうど中間に位置して、いまにある（図12参照。図中に表示される亀山天皇陵の「亀」の字の辺に野宮が立地する）。その意味で「秋の町」も、ミヤコの西北郊、周易八卦でいえば「天の方位」に位置する「嵯峨」の地と、深いつながりを持っていたわけだ。

だが同じ「嵯峨」でも、明らかにそれとわかる、「嵯峨の大堰のわたりの野山」との記述から、当のその「大堰」の山荘に居を構えていた明石の御方とのかかわりで、場所の持つ霊的な力同士のするどい対抗を、その背後に見ておく必要がある。

六条御息所の旧邸が「六条院」造営の起点に位置づけられた理由を、その地が持つ固有の特性に見て、これをゲニウス・ロキととらえることを試みてきた。だがそれに対抗し、それを凌駕して、強烈なパワーを発揮する「山里」のトポスとして、嵯峨の「大堰」の地があらたに呼び込まれてくる。

その端的な指標として、「嵯峨の大堰のわたりの野山、むとくにけおされたる秋なり」との言葉が、あたかも布石を打つかのように、六条院造営の記事の中に、そこにそうして、あらかじめ書き付けられていたように思われてならない。

四・嵯峨隠君子の面影を追って

鴨長明は『方丈記』で、「大かたこの京のはじめを聞けば、嵯峨の天皇《みかど》の御時、都とさだまりにけるより後、既に数百歳を経《へ》たり」と記し、京のミヤコの起源に嵯峨天皇を位置づける。平安京への遷都は、史実では桓武天皇のはずだが、平城天皇（嵯峨天皇にとっては兄に当たる）と敵対した「薬子《くすこ》の変」に勝利して、最終的にミヤコが平安京と定まったのは、嵯峨天皇の治政によってであった。

嵯峨天皇は晩年、嵯峨の地の形象を大層好んで、その地に山荘を営み、それがのちに大覚寺となった。陵墓もまた山荘の裏手に設けられ、「嵯峨天皇」の諡号《しごう》（おくりな）も、その地名に由来する。ミヤコの西北郊、周易八卦でいえば「天の方位」に位置する嵯峨の地は、こうして古代都市平安京の広がりをはるかに見通し、守護する、まさしくゲニウス・ロキを宿らせた聖なるトポスとなった。

なればこそ、源融もこの地に「栖霞観」を営み、そして先に見た兼明親王もまた、自らの「終の棲家」を嵯峨に求め、大堰川のほとりに山荘を構えて、そこでの隠逸の暮らしを楽しんだ。それを模倣踏襲するかのように、光源氏もまた、物語の中で嵯峨に御堂を設けることにもなるのである。

嵯峨天皇にはじまる、これら王族につらなる人びとの、隠逸の暮らしへのあこがれを集約するかたちで、例のあの「嵯峨隠君子《いんくんし》」についての、なんとも奇怪な言い伝えも、生じてきたように思われる。

「嵯峨隠君子」とは、いったい何者か。「心の極北」（一九六八）と題した文章の中で、国文学者の益田勝実は、その正体を明らかにするため、あれこれと考察をめぐらす。

室町時代にまとめられた天皇・皇族の系図『本朝皇胤紹運録《こういんしょううんろく》』（一四二六年編纂）に、醍醐天皇の子として名のあがる、親王十六人、内親王十六人、賜姓《しせい》源氏六人の総計三十八名の系図の端っこに、第三十九番目の子として、ただ「童子」とだけ記されたその人物についての手がかりは、傍らに「号して嵯峨の隠君と云ふ。白髪にして童形《どうぎやう》と云々《うんぬん》」と小さく傍記されている、ただそれだけである。

　人目を避けて、なぜにミヤコの西北郊、嵯峨の地に隠れ住んだのか。名すらも伝えられず、「白髪」にして「童

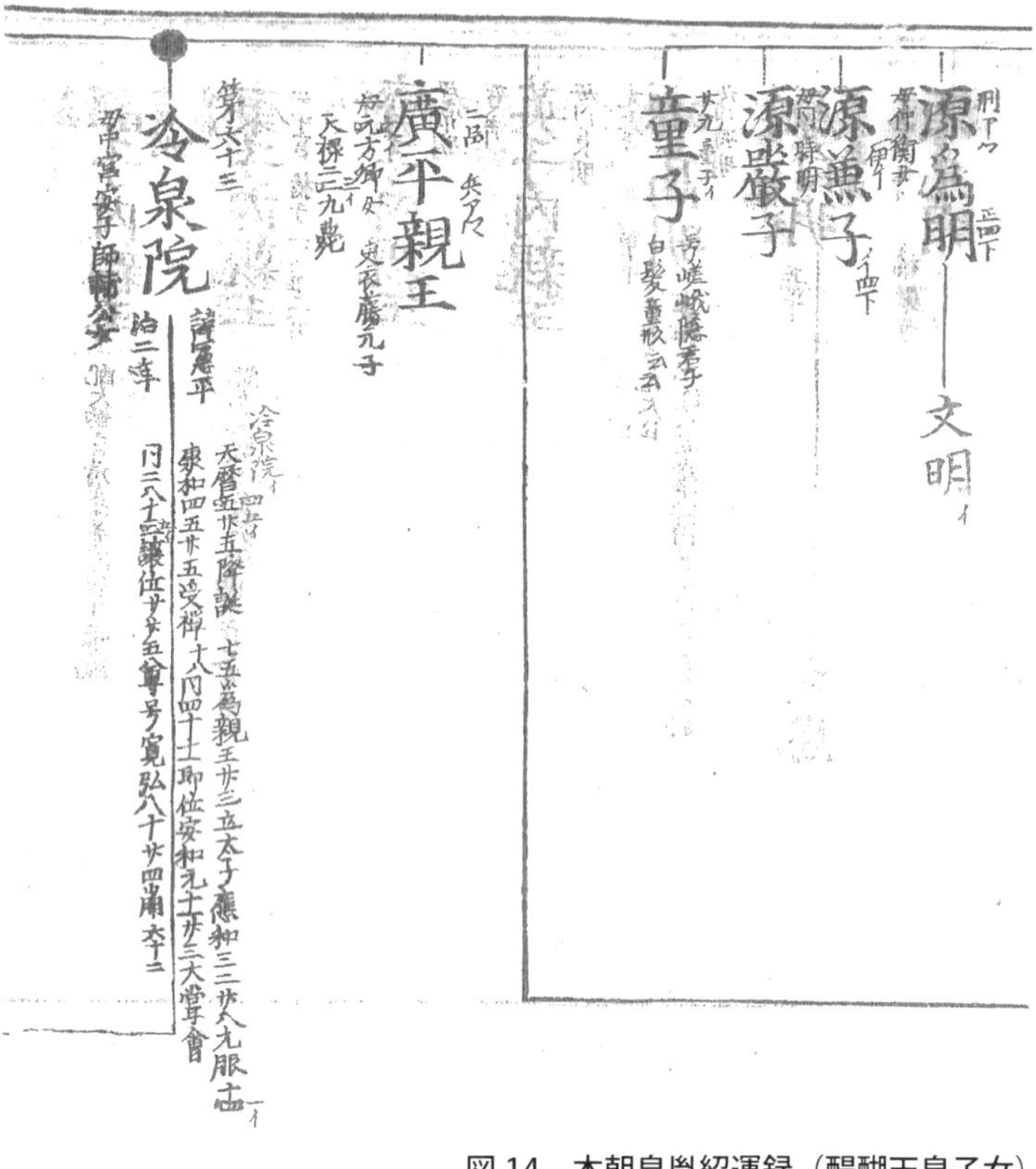

図14　本朝皇胤紹運録（醍醐天皇子女）

形」という、語義矛盾(白髪であれば老人のはずなのに童子姿だから)もはなはだしいその姿かたちを保ちつづけたのは、いったいなぜなのか。益田はそこに、なんらかの身体的な、もしくは精神的な奇形の可能性を見てとる。

院政期の宮廷社会を跡づけた歴史物語『今鏡』は、その「志賀のみそぎ」の章において、産まれたときから眼が見えず、しかも病弱で、幼くして亡くなった鳥羽天皇の第二皇子に言及する。生母はあの待賢門院璋子《たいけんもんいんたまこ》であった。

ついで産まれた第三皇子もまた、全身がなよなよとして足腰立たず(それゆえ「なよ君」と呼ばれた)、口も効けぬまま十六歳まで生きながらえて、最期は出家の体裁をととのえて亡くなった。

これら夭折の皇子たちの参照すべき先行事例として、『今鏡』は、『本朝皇胤紹運録』に言う「童子」とも見まがう「嵯峨の隠君子」の名を挙げ、次のように記す。


嵯峨の帝の御子《みこ》に、隠君子と申しける御子は、御《おん》み身にいかなること(身体的異常)のおはしけるとかや。さて嵯峨に籠り居給ひて、ひきもののうちにたれこめて、人にも見え給はで、童《わらは》(髻を結わずにおかっぱ頭のまま)にてぞおはしける。このごろならば、法師にぞなり給はまし。昔はかくぞおはしける。心もさとく、いとまおはするままに（有り余る時間を使って）、よろづの文《ふみ》（数多くの漢籍）をひらき見給ひければ、身の御才、人にすぐれ給ひておはしけるに（下略）

この記事には混同がみられ、その名の由来を父嵯峨天皇の「人名」に求めるか、隠棲した場所としての「地名」に求めるかで、どうやら人物がふたとおりに考えられる。『本朝皇胤紹運録』に「童子」とだけ記された醍醐天皇の皇子とは別に、嵯峨天皇の五十人の皇子・皇女のうちのひとりに「隠君子」と呼ばれた人物のあったことが、大江匡房の談話集『江談抄』から知られる。その人物は、嵯峨天皇の子息に特有の一字名「淳（あつし？）」を名乗り、親王の列に加えられるでもなく、臣籍降下して源氏の姓を名乗るでもなく、「王」という中途半端な地位に、終生とどまった（図15参照）。

嵯峨の地に隠棲したことから、「嵯峨隠君子」の名で呼ばれたその謎の人物について、『江談抄』は他にもいくつかの話しを伝えている。「隠君子」は漢学の才に秀でており、まだかけだしのころの菅原道真が、官吏登用試験を受けて字句の選定に窮したとき、師の橘広相《たちばなのひろみ》は、わざわざ嵯峨の地にまで馬をとばし、この人物に助言を仰いだという。

『江談抄』はまた、詩文の語句の誤りをただす校定作業や、琴（七絃琴）の奏法をめぐり、この人物が唐代の詩人元稹《げんしん》の霊と親しく交わった様子も伝えている。

『今鏡』が「このごろならば、法師にぞなり給はまし」と述べるように、隠棲といえば仏教のそれが思い浮かぶ。だが平安前期のこの時期においては、儒教思想にもとづく閑適の生活や、道教思想にもとづく隠逸の暮らしが一般的であった。

それにしても、とばりの内に身を隠し、童形のまま人との交わりを絶って、学問と琴の奏法の内に孤独の寂しさをまぎらす生活とは、いったい、いかようのものであったか。「御《おん》み身にいかなることのおはしけるとかや」との、『今鏡』のおぼめかしたもの言いからは、感染を恐れて世間から隔てられ、人々から忌み嫌われた、あの特殊のやまいに罹患していた可能性も考えられなくはない。

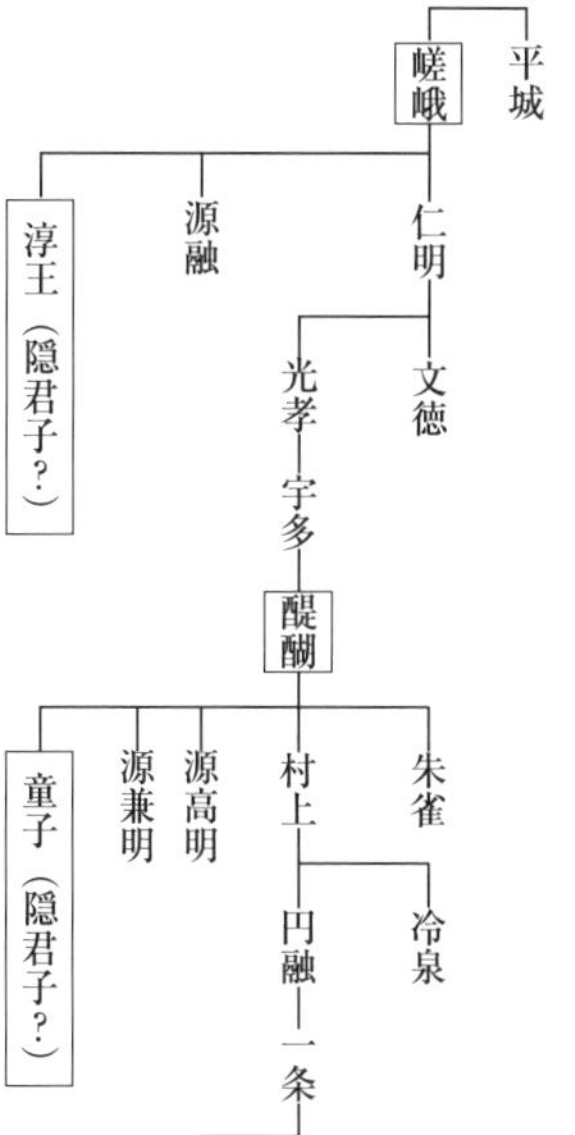

図15　皇族関係系図（嵯峨隠君子の影）

こうしたあれやこれやの資料を踏まえつつ、いくつかの仮説を、益田は立てる。当時でいう「白人（しらこ）」、すなわちコーカソイド（白人種）に特有の、汎発生先天性白皮症（アルビノ）として産まれついたか、でなければ記紀神話にみえる「ひる子」のように、足腰立たぬ未熟な奇形児として生まれ、うとまれ、人目につかぬところへ追いやられ、幼くして亡くなったか。

だがそれでは、学問の才をもって世に聞こえたことと矛盾する。琴の名手との言い伝えは、音楽にまつわる伝承を数多く伝えた奏楽書『体源抄《たいげんしょう》』にも見えており、成人年齢に達する前に夭折したわけでは、かならずしもないらしい。

益田のこの文章は、実のところ、成人儀礼としての元服を拒否し、「老い」てなお「童形」を保ち続けることで、「男となり、社会人となり、女をめとり、子を生み、親王として、あるいは源氏として、父となり、祖父となり、生涯を過ごすことに対して反逆し」た、つまりは「人間一般として生きることを否定した」、その精神の奇形を、「嵯峨の隠君子」の生きざまのうちに見てとることで、自らの出生に疑念を抱き、「匂宮」の巻で、「元服《げんぷく》はものうがり（いやがり）たまひけれど、すまひ（あらがい）はてず、おのづから世の中にもてなされて、まばゆきまで華やかなる御身の飾りも心につかず（不つりあいなものと）のみ、（なにかと控えめに）思ひしづまりたまへり」と、その成人儀礼を、しぶしぶ受け入れざるを得なかった第三部の主人公薫の、その特異な生き方へと照準するための助走であり、その基礎付け作業にほかならなかった。

「人名」に由来するものなのか、「地名」によるものなのか、いずれにせよ嵯峨の地に隠棲した、謎の人物のあったことは確かなようで、益田はそこまで言っていないが、中世になると、童子姿のこの「隠君子」、想像力旺盛な伝承世界の中でその姿を大きく変え、ミヤコの西北に位置する大江山（大枝山）に居すわって、夜ごと女たちをさらっていく恐ろしい妖怪「酒呑童子」となってあらわれ、頼光四天王に退治されるのを待つこととなるのだ。

五．敗者の側にまわる秋好中宮

嵯峨の皇子と、醍醐のそれと、ふたりにしてひとりの、

図16　伝狩野孝信筆『酒呑童子絵巻』

いささか奇怪な「隠君子」のイメージの重なりはそれとして、ここに新たに三人目の皇子を足し加えるなら、世間との交わりを絶って嵯峨の地にひっそりと隠れ住む、その薄幸の皇子の生きざまが、より具体性なすがたかたちをとってあらわれてくる。

同じく醍醐の子で、一旦は源氏に臣籍降下して左大臣の地位にまで昇りつめたものの、藤原摂関家の策謀により親王位への復位を強いられ、中務卿の閑職に追いやられた、例の兼明親王その人である。

嵯峨の地に揺曳する精神の奇形、もしくは人々からうとまれ、忌み嫌われるやまいの兆候を、「双頭の蛇」さながら、臣下としての顔と、皇位継承権を有する親王の顔とを、ふたつながらに併せ持つ兼明親王もまた、いくぶんか引き継いでいる。

慶滋保胤が後に『池亭記』を書くに際し、その先蹤と仰いだ同名作品『池亭記』が代表作としてあり、また先にも述べたように、親王位への復位を強いられたことに憤って書かれた『菟裘賦』は、わけても有名だ。明石一族との関わりを通して、源氏物語はその引き入れを、率先してはかろうとする。

詳細については、すでに第四幕「「隠者」の面影」において述べたのでくりかえさないが、嵯峨の地が持つ場所的特性を、それこそゲニウス・ロキよろしく、「嵯峨隠君子」とも重なる兼明親王の姿のうちに見てとるなら、六条院の「秋の町」をいう文脈で、「嵯峨の大堰のわたりの野山、むとくにけおされたる秋なり」とある記述の異様さが、あらためて問題とされてこよう。

こうして「冬の町」にその「住まい」をあてがわれた明石の御方と、六条御息所の旧邸を引き継いだ秋好中宮の「秋の町」との、隠れた対抗軸が、一層明確なかたちで見えてくる。同じ引用のくり返しは、これで三度目となってしまって恐縮だが、その勝敗の結果として、「匂宮」の巻の次のような文章があった。

「二条院」とて造り磨き、「六条の院」の春の殿《おとど》とて世にののしりし玉の台《うてな》も、ただ一人（明石の御方のこと）の末（子孫）のためなりけりとみえて、明石の御方は、あまたの宮たちの御後見をしつつ、あつかひきこえたまへり。

明石の御方の腹に生まれた姫君は、やがて入内して明石中宮となり、多くの皇子、皇女を儲ける。養母の紫上から伝領した「二条院」（それは光源氏の本邸であった）には、薫に対抗して第三部のもうひとりの主人公となる三宮（匂宮）が住んでいる。父光源氏から伝領した六条院の「春の町」には、その東の対に女一宮が、寝殿には二宮が住んでいる。一宮はといえば、次代を担う、まごうかたなき儲けの君（東宮）として、「内裏」に住まいしている。当初、池を欠いた明石の御方の「冬の町」は、その領域を次第と拡大し、「春の町」だけでなく「秋の町」の池をも占有し領有するに至ったと、これをとらえることも出来ようか。

一方、秋好中宮の方はといえば、皇嗣のないまま代替わりとなり、「鈴虫」の巻で語られた冷泉院との「ただ人」のような、すなわち庶民のような「一夫一妻」の仲睦まじい暮らしぶりも、けっして長続きはしなかった。

玉鬘の娘の大君とのあいだに、あらたにふたりの子を儲けた冷泉院は、これを溺愛するあまり、秋好中宮の心証をいたく害することとなる。だからであろう、冷泉院に養われて、その内情をよく知る薫を相手に、大君の母玉鬘は「竹河《たけかわ》」の巻で、娘の置かれた窮状を訴えて、次のように語るのである。

（娘の大君は）院（冷泉院）にさぶらはるるが、いといたう世の中（他の女たちとのお付き合い）を（娘の大君は）思ひ乱れ、中空《なかぞら》なるやうにただよふ（どっちつかずで頼りない状態）

を、女御《にょうご》を頼みきこえ、また后《きさい》の宮の御方（秋好中宮）にも、さりともおぼしゆるされなん、と思ひたまへ過ぐすに、（女御と后の宮の）いづ方にも、（娘の大君を）なめげにいゆるさぬもの（礼儀知らずで気にくわないもの）に思されたなれば、いとかたはらいたくて。

冷泉院は弘徽殿女御（源氏のライバルであったかつての頭中将の娘）とのあいだに、すでに女一宮を儲けていた。しかしあらたに参院した玉鬘の娘とのあいだに、女二宮だけでなく、待望の男宮までも次々と儲けることとなる。もしかして、この男宮の処遇をめぐって、あらたな物語の展開が、期待されるやもしれぬ。

だがもはや、六条御息所の死霊は沈黙して、ふたたび現れることはない。光源氏が相手ではないのだから、当然のことでもあろうが。

ジェンダー批評の観点からすれば、批判はまぬがれないだろうと、先には述べた。しかし子を産むか産まないかは、当時としては家の浮沈にかかわる重大事であった。なればこそ女性の出家は、生きながらにして死を先取りする行為として、物語においては、家の論理にあらがって現実世界に背を向ける、極めて過激で先鋭的なふるまいたりえた。

出家を成し遂げた女性たちのみならず、出家を望みつつも、ついにそれを成し得なかった女たちの苦悩について、源氏物語は多くの筆を費やす。たとえば第三部に登場する浮舟の場合のように。だが、それらについて論ずるには、嵯峨とは対極に位置する宇治のトポスとからめて、別にもう一冊の本が必要となろう。

いずれにしろ、秋好中宮に子のないことで「六条大臣家」に始まる、六条御息所の系譜はここに断絶し、その「秋の町」を起点にすえて立ち上げられた「六条院」世界の総体が、明石一族との対抗関係のなかで、「負け方」にまわることを、決定づけられるのである。

おごれる者、久しからず――とか。

盛者必衰《じょうしゃひっすい》のことわり。

白楽天『草堂記』

匡盧《きやうろ》は奇秀にして、天下の山に甲《かしら》たり。山北の峯を香炉と曰ひ、峯北の寺を遺愛寺と曰ふ。峯と寺を介するの間、其の境《きやう》勝絶にして、又盧山に甲《かしら》たり。

元和十一年秋、太原の人の白楽天、見て之を愛すること、遠行の客の故郷を過《よぎ》り、恋恋として去る能《あた》はざるが若《ごと》し。因《よ》つて峯に面し寺を腋《わき》にして草堂を作為す。明年の春、草堂成る。三間両柱、二室四牖《いう》、広袤豊殺《くわうぼうほうさい》、一に心力《しんりよく》に称《かな》ふ。北の戸を洞《つら》ぬくは、陰風を来たらしめて徂暑《そしよ》を防げばなり。南の甍《いらか》を敞《ひろ》くするは、陽日を納れて祁寒《きかん》を慮《おもんぱか》ればなり。木は斲《けづ》るのみにして、丹《たん》を加へず。牆《しやう》は圬《かべぬ》るのみにして、白を加へず。墄階《そくかい》は石を用ひ、冪窓《べきさう》は紙を用ひ、竹の簾《すだれ》・紵《あさ》の幃《とばり》は、率《おほむ》ね是れ称《かな》ふ。堂中には木榻《ぼくたふ》四、素屏《そへい》二、漆琴《しつきん》一張、儒・道・佛の書各々三両巻を設《まう》く。

楽天既《すで》に来たりて主と為《な》り、仰ぎて山を観《み》、俯して泉を聴き、傍らに竹樹雲石を睨《なが》め、辰《しん》より酉《いう》に及ぶまで、応接して暇《いとま》あらず。俄《には》かにして物誘《さそ》ひ気随《したが》ひ、外に適《かな》ひ内に和し、一宿して体寧《やす》く、再宿して心恬《やす》く、三宿して後は穨然嗒然《たいぜんたふぜん》として、其の然《しか》りて然《しか》るを知らず。自ら其の故《ゆゑ》を問ふ。

答へて曰ふ、是の居《きよ》や、前に平地あり、輪広《りんくわう》十丈。中に平台有り、平地に半ばす。台の南に方池《はうち》有り、平台に倍《ばい》す。池を環《めぐ》つて山竹・野卉《やき》多く、池中に白蓮・白魚を生ず。又南のかた石澗《せきかん》に抵《いた》りては、澗《かん》を挟《はさ》みて古松・老杉有り、大いさは十人の圍《い》に僅《ちか》く、高さは幾百尺なるかを知らず。修柯《しうか》は雲を戛《こす》り、低枝は潭《たん》を拂《はら》ひ、幢《はた》の竪《た》つが如《ごと》く、蓋《かさ》の張るが如く、龍蛇《りうだ》の走るが如し。松下に灌叢《くわんそう》多く、蘿蔦《らてう》の葉蔓《えうまん》は、駢織《べんしよく》承《しよう》翳《えい》し、日月の光も地に到《いた》らず、盛夏の風気も八九月の時の如し。

下には白石を鋪《し》きて、出入の道と為す。堂北《だうほく》五歩、層崖《そうがい》・積石、嵌空《かんくう》・垤堄《てつげい》に拠りて、雑木異草《いさう》、其の上を蓋覆《がいふく》す。緑蔭蒙蒙、朱実離離、其の名を識らず、四時《しじ》一色なり。又飛泉《ひせん》有りて茗《めい》を植ゑ、就《つ》きて以て烹燀《はうせん》す。好事者《かうじしや》見て、以て永日を銷《け》す可《べ》し。堂の東に瀑布有り、水懸ること三尺、階の隅に瀉《そそ》ぎ、石渠《せききよ》に落ち、昏暁《こんげう》には練《ねりぎぬ》の色の如く、夜中は環佩《くわんはい》・琴筑《きんちく》の声の如し。堂の西は北崖《ほくがい》の右趾《いうし》に椅《よ》り、剖竹《はうちく》を以て空《くう》に架し、崖上の泉を引き、脈分綫懸《みやくぶんせんけん》、簷《のき》より砌《みぎり》に注《そそ》ぎ、累累として貫珠の如く、霏微《ひび》として雨露の如く、滴瀝飄灑《てきれきへうさい》として、風に随《したが》って遠く去る。

其の四傍《しばう》、耳・目・杖《ぢやう》の屢々《しばしば》及ぶ可き者《もの》は、春に錦繍谷《きんしうこく》の花有り、夏には石門澗《せきもんかん》の雲有り、秋には虎渓《こけい》の月有り、冬には炉峯《ろほう》の雪有り。陰晴に顕晦《けんくわい》し、昏旦《こんたん》に含吐《がんと》し、千変万状、殫《ことごと》く紀《き》し、覼縷《らる》して言ふ可《べ》からず。故《ゆゑ》に盧山に甲《かしら》たる者と云ふと。

噫《ああ》、凡《およ》そ人の一屋を豊かにし、一簀《いちさく》を華やかにして、其の間に起居するも、尚《な》ほ驕穏《けうをん》の態《たい》有るを免れず。今我是の物の主と為る。物至るは知を致《いた》し、各々《おのおの》類を以て至る、又安《いづ》くんぞ外適《そとかな》ひ内和《うちわ》し、体寧《やす》く心恬《やす》からざるを得んや。昔、永・遠・宗・雷が輩《はい》十八人、同じく此の山に入り、老死して返らず。我を去ること千載《せんざい》、我其の心《しん》是を以てなるを知るかな。矧《いは》んや予《よ》自ら思ふ、幼従《よ》り老に迨《およ》ぶまで、若《あ》るいは白屋、若《あ》るいは朱門、凡そ止《とどま》る所、一日二日と雖も、輒《すなは》ち蕢土《きど》を覆して台と為し、拳石《けんせき》を聚《あつ》めて山と為し、斗水《とすい》を環《めぐ》らして池と為す。其の山水を喜ぶ、病癖此《か》くの若《ごと》し、と。

一旦蹇剥《けんぱく》して、来たりて江郡《かうぐん》に佐《さ》たり。郡主は優容を以て我を撫《ぶ》し、盧山は霊勝を以て我を待《たい》す。是れ天我に時を与へ、地我に所を与ふるなり。卒《つひ》に好む所を獲《え》て、又何《なん》ぞ以て求めんや。尚《な》ほ冗員の羈《つな》ぐ所となり、余累未《いま》だ尽きざるを以て、或いは往《ゆ》き或いは来たり、未だ寧処《ねいしよ》するに遑《いとま》あらず。予が異時《いじ》弟妹の婚嫁畢《をは》り、司馬の歳秩《さいちつ》満《み》つるを待ちて、出処行止《しゅつしょかうし》、以て自ら遂《と》ぐるを得《う》れば、則《すなは》ち必ず左手に妻子を引き、右手に琴書を抱へ、老を斯《ここ》に終へて、以て我が平生の　志《こころざし》を成就せん。清泉・白石、実《じつ》に此《こ》の言を聞け。

時に三月二十七日、始めて新堂に居《を》り。四月九日、河南《かなん》の元集虚《げんしふきよ》・范陽《はんやう》の張允中《ちやういんちゆう》・南陽《なんやう》の張深之《ちやうしんし》・東西二林の長老湊《そう》・朗・満・晦《くわい》・堅《けん》ら、凡そ二十有余人と、斎《さい》を具《そな》へ茶菓を施して以て之を落《らく》す。因《よ》つて「草堂記」を為《つく》る。（岩波文庫『白楽天詩選』による）

白楽天『池上篇并序』

都城の風土水木の勝は、東南の偏《へん》に在り。東南の勝は、履道里《りだうり》に在り。里の勝は、西北隅《ぐう》に在り。西閈北垣《せいくわんほくゑん》の第一第《だい》は、即《すなは》ち白氏叟《さう》楽天の退老の地なり。地は方《はう》十七畝《ほ》、屋室は三の一、水は五の一、竹は九の一、而《しか》して島樹橋道、之《これ》に間《まじ》る。

初め楽天既《すで》に主為《た》りて、喜び且《か》つ曰く、「台池有りと雖も、粟無《ぞくな》くんば守る能《あた》はざるなり」、と。乃《すなは》ち池東の粟廩《ぞくりん》を作る。又た曰く、「子弟有りと雖も、書無《な》くんば訓《おし》ふるに能《あた》はざるなり」、と。乃ち池北の書庫を作る。又た曰く、「賓朋《ひんはう》有りと雖も、琴酒無《な》くんば娯《たの》しむ能《あた》はざるなり」、と。乃ち池西の琴亭を作り、石樽《せきそん》を焉《ここ》に加《くは》ふ。楽天、杭州刺史《かうしやうしし》を罷《や》めし時、天竺石一、華亭の鶴二を得て以て帰り、始めて西平橋を作り、池を環《めぐ》る路を開く。蘇州刺史《そしやうしし》を罷めし時、太湖石、白蓮、折腰菱《せつやうりやう》、青板舫《せいばんほう》を得て以て帰り、又た中高橋を作り、三島の径《みち》を通ず。刑部侍郎《けいぶじらう》を罷めし時、粟千斛《せんこく》、書一車《いつしや》有り。洎《およ》び臧獲《ざうかく》の莞馨絃歌《かんけいげんか》を習ふ者、百を指《かぞ》へて以て帰る。

是れに先んじて潁川《えいせん》の陳孝山《ちんかうさん》、与《ため》に法酒を醸《かも》し、味甚《はなは》だ佳《か》なり。博陵の崔晦叔《さいくわいしゆく》、琴を与《あた》へ、韻甚《はなは》だ清し。蜀客《しよつきやく》の姜発《きやうはつ》、秋思《しゆうし》を授け、声甚《はなは》だ淡なり。弘農の楊《やう》貞一《ていいつ》、青石《でいせき》三を与え、方長平滑にして、以て坐臥《ざが》す可《べ》し。

大和三年の夏、楽天始めて太子賓客《ひんかく》と為《な》らんことを請《こ》ひ、秩《ちつ》を洛下に分《わ》かち、躬《み》を池上《ちじやう》に息《やす》むるを得たり。凡《およ》そ三任《さんにん》の得る所、四人《よにん》の与ふる所、洎《およ》び吾が不才の身、今率《おほむ》ね池中の物と為《な》れり。池風の春、池月の秋、水香り蓮開くの旦《あさ》、露清く鶴唳《な》くの夕に至る毎《ごと》に、楊《やう》の石を払ひ、陳《ちん》の酒を挙げ、崔《さい》の琴を援《と》り、姜《きやう》の秋思を弾き、頽然《たいぜん》として自適《じてき》し、其の他を知らず。酒酣《たけなわ》にして琴罷《や》み、又た楽童に命じて中島亭《ちゆうとうてい》に登り、霓裳散序《げいしやうさんじょ》を合奏せしむ。声は風に随ひて飄《ひるがへ》り、或《ある》いは凝《ぎやう》し或いは散《さん》じ、竹煙波月の際に悠揚《ゆうよう》する者、之《これ》を久しくす。曲未《いま》だ竟《おわ》らずして楽天は陶然として已《すで》に酔ひ、石上に睡《ねむ》る。睡りより起きて偶《たま》たま詠じ、詩に非《あら》ず賦《ふ》に非ず、阿亀《あき》、筆を握《にぎ》りて、因《よ》りて石間《せきかん》に題す。其の粗《ほ》ぼ韻章《ゐんしやう》を成すを視《み》て、命じて「池上篇」と為《な》すと爾《しか》云ふ。

十畝《ぽ》の宅　五畝の園　水の一池有り　竹の千竿《せんかん》有り　土《つち》狭しと謂《い》ふ勿《な》かれ　地《ち》偏なりと謂ふ勿かれ　以て膝を容《い》るるに足り　以て肩を息《やす》むるに足る　堂有り亭有り橋有り船有り　書有り酒有り　歌有り弦有り　叟《おきな》の中に在る有り　白鬚《はくしゆ》飄然《ひやうぜん》たり分を識《し》り足るを知る　外に求むる無し　鳥の木を択《えら》びて　姑《しばら》く巣の安きに務《つと》むるが如し　亀の坎《あな》に居て　海の寛きを知らざるが如し　霊鶴　怪石　紫菱《しりやう》　白蓮　皆な吾《われ》の好む所　尽《ことごと》く吾が前に在り　時に一杯を飲み　或《ある》いは一篇を吟ず　妻孥《さいど》熙熙《きき》たり　鶏犬閑閑《かんかん》たり　優なる哉《かな》　遊なる哉　吾将《まさ》に老いを其の間《かん》に終えんとす

（新釈漢文大系『白氏文集』明治書院による）

兼明親王『池亭記』

【動機】

高貴に処《を》る者は登臨《とうりん》の暇《いとま》なし。名利に趨《はし》る者は遊泛《いうはん》の情《こころ》なし。幽閑嬾放《いうかんらんはう》の者は、浮栄《ふえい》を虚無《きよぶ》にし、風景を富有《ふいう》することを得《う》。余《われ》、少《わか》くして書籍を携《たづさ》へて、ほぼ兼済《けんせい》独善《とくせん》の義を見たり。如今《いま》老に垂《なんなん》として病根漸《やうや》く深く、世情弥《いよいよ》浅し。七の不堪《ふかん》、二の不可《ふか》、併《しかしなが》ら一身に在り。この亭を草創《さうさう》せしより、尤《もつと》も心事に合《かな》へり。

【池亭の結構】

亭は曲池《きよくち》の北、小山の西に在り。山に傍《そ》ひ流れに臨み、茅《かや》を結び宇《いへ》を開けり。亭の中に筆硯《ひつけん》一両を置きて居閑《きよかん》に備へ、絃歌《げんか》十数を携へて行楽に当《あ》つ。夏の条《えだ》を帷《とばり》と為《な》し、冬の氷を鏡と為す。南島の五大夫《ごたいふ》を老の伴と作《な》し、東岸の一眼泉《いちがんせん》を知音《ちいん》と為す。いはんや竹霧《ちくぶ》、蘋風《ひんふう》、沙煙《さえん》、波月、陰晴、顕晦《けんくわい》、形容すべからざるもの有り。けだし洞庭湖の一雲孫なり。池水緑に、岸葉紅《くれなゐ》に、華の前に春暮れ、月の下に秋帰るに至る毎《ごと》に、一たびは吟じ一たびは詠じて、聊《いささ》か以て歳を卒《を》へん。独善《とくせん》の計、ここに去つて何《いづく》にか求めん。

【隠逸への思い】

ああ、人生改まること多く、光陰留《とど》まらず。知らず、後日《こうじつ》また何処《いづく》にか在らん。缶《ほとぎ》を撃《う》ちて歌はずは、大耋《だいてつ》の嗟《なげき》有らん。然《しか》うして茫々《ばうばう》たる万古、賢人君子の身を終《を》ふるまで泥塗《でいと》の中に在る者有り。吾《われ》古人の徳なし。位《くらゐ》三品にして、齢《よはひ》半百なり。朝《てう》に趨《はし》りて官《くわん》有り、家に帰りて亭有り。一日二日閑《しづ》かにこの亭に臥《ふ》して以て余生を送らん、また可《か》ならずや。因《よ》りて大概《たいかい》を叙《の》べて、亭の内壁に書《かきしる》す。塵《ちり》積り雨淋《したた》り、字銷《き》え点壊《やぶ》るるも、誠にこれを宜《よろ》しと謂《い》はん。後の観《み》ん者、我と志《こころざし》を同じくせば、隠すことなからん。吾を知らざる者は、これを見るべからず。

己未《きび》の歳《とし》十二月二日、これを記す。

（新日本古典文学大系『本朝文粋』岩波書店による）

兼明親王『菟裘賦』幷に序

余《われ》亀山の下に、聊《いささ》か幽居《いうきよ》を卜《ぼく》して、官《くわん》を辞し身《み》を休《きう》し、老を此《ここ》に終へんと欲《おも》ふ。草堂《さうだう》の漸《やうや》く成りぬるに逮《およ》びて、執政者に枉《ま》げて陥《おとしい》れらる。君昏《くら》く臣諛《へつら》ひて、愬《うった》ふるに処《ところ》なし。命なるかな天なるかな。

後代の俗士《しよくし》、必ず吾《われ》を罪するに其の宿志を遂《と》げざるを以てせん。然《しか》れども「魯《ろ》」の隠《いん》、「菟裘《ときう》」の地を営みて老いなんと欲《おも》ひて、公子翬《き》に害《そこな》はる。『春秋』の義、その志《こころざし》を賛《たす》け成して、賢君となせり。

後来の君子《くんし》、若《も》し吾を知る者あらば、これを隠すなけん。因《よ》りて賈生《かせい》が「鵩鳥賦《ふくてうのふ》」に擬《なぞら》へて、「菟裘賦《ときうのふ》」を作り、自《みずか》ら広む。其の詞《ことば》に云ふ。

赤奮若《せきふんじやく》の歳、清和の月、彼の西山《せいざん》に陟《のぼ》り、言《ここ》にその蕨《わらび》を採らんとす。鵩賦《ふくのふ》を吟じて夕べまで惕《おそ》り、菟裘を顧《かへり》みて朝《あした》に発《はな》つ。昔隠公《いんこう》の害に逢《あ》ひし、誠に天の魯《ろ》を棄《す》つるにあり。今我が不肖《ふせう》なる、何《なん》ぞ世の顚越《てんゑつ》に遭《あ》へる。天それ何をか言はんや、四時《しいじ》行はれ百物《ひやくぶつ》成る。これを問へども言はず、請ふ対《こた》ふるに情《こころ》を以てせんことを。惟《おも》ふに天は高くして地は広く、上《かみ》始めなく下《しも》極まりなし。万物云《ここ》に生《な》りて、或《あるい》は消え或は息《おこ》る。風雨陶冶《たうや》し、寒暑廻薄《くわいはく》す。千変万化、何の常の則《のり》かあらん。寵辱相《ちようじよくあい》招き、禍福相須《ま》ちて、憂喜定《さだ》まらず。栄枯枝《えだ》を同じくし、歌哭径《かこくみち》を同じくす。下《しも》人事を学び、上《かみ》天命を達《さと》る。憂へず喜ばざるは、其れ惟《ただ》上聖のみか。

伯夷《はくい》は仁を得《え》て飢《う》う、彼れ奈其《いかん》ともすることなし。盗跖《たうせき》は寿《しう》を以て終る、これまた若為《いかん》ぞ。箕子《きし》は囚繫《しうけい》せられ、比干《ひかん》は傷夷《しやうい》せらる。天の善に与《くみ》すること、それ信《まこと》に未《いま》だ知らず。故《かるがゆゑ》に柳下《りうか》は三たび黜《しりぞ》けられて悔《く》いず、子仲《しちう》は長く往《ゆ》きて帰ることなし。

況《いはん》や今趙高《てうかう》鹿を指すの日、梁冀跋扈《りやうきばつこ》の時、後漢書の注に曰く、跋扈は猶《なほ》強梁のごとしといふ。或る書に云く、扈は梟《けう》の字なりといふ。虎にして冠せり、常理《じやうり》の謂《い》ふべきにあらず。梟《ふくろふ》にして鏡せり、寧《いづく》んぞ彝倫《いりん》の資《し》とする所ならんか。

それ剣戟《けんげき》は柔《じう》を嫌ひて、剛にして摧《くだ》け折《を》るることを嫌はず。梁棟《りやうとう》は直《ちよく》を取りて、撓《たわ》みて傾《かたぶ》き危《あやふ》きを取らず。往哲《わうてつ》の挙措《きよそ》、磷緇《りんし》あることなし。その醨《しる》を歠《そそ》らず、漁父が誨《をしへ》に孤《そむ》くといへども、容《い》れられざるを何ぞ病《いた》まん。顔子《がんし》が詞《ことば》を祖《そ》とすべし。

また夫《それ》世に治乱あり、時に否泰《ひたい》あり。命《めい》に通塞《つうそく》あり、迹《あと》に顕晦《けんくわい》あり。扶桑《ふさう》豈《あ》に影《かげ》無《な》からんや、浮雲掩《おほ》ひて乍《たちま》ちに昏《くら》し。叢蘭《そうらん》豈《あ》に芳《かんば》しからざらんや、秋風吹きて先づ敗《やぶ》る。彼の尼父《じふ》が一たび望みし、亀山《きざん》の「魯」を蔽《かく》すを嘆く。霊均《れいきん》が五たび顧《かへり》みし、沅湘《げんしやう》を繞《めぐ》りて「楚」を傷《いた》む。明訓《めいくん》を先賢《せんけん》に問ひて、幽致《いうち》を万古に鑑《かんが》みんと欲《おも》ふ。唐風移《うつ》るといへども、猶《なほ》旧に依俙《いき》たり。毛詩に見ゆ。漢徳縦《たと》ひ厭《あ》きたりとも、安《いづく》んぞ新《しん》に諂諛《てんゆ》せん。殊《こと》に恨《うら》むらくは王風の競《きほ》はずして、直道《ちよくとう》の已《すで》に湮《しづ》めることを。淫蛙《いんあ》を聞きて長く歎き、屈蠖《くつくわく》の伸びざることを悲しむ。河の清《す》まん日を俟《ま》つ、浮雲幾《いく》ばくの春ぞ。

凡《およ》そ人の世にあること、殆《あやふ》きこと花の上の露のごとく、空の中の雲のごとし。去留常《つね》なく、生滅定《さだ》まらず。聚散相紛《しょうさんあひまが》ひ、沕穆糺錯《ぶつぼくきうさく》たり。何《なん》ぞ勝《あ》げて云ふべけんや。語らず言ふこと靡《な》きは、便《すなは》ちこれ浄名翁《じやうめやうをう》が病《やまひ》、知者は黙《もだ》す、寧《むし》ろ玄元氏《げんげんし》が文《ふみ》にあらずや。馬を喪《うしな》へる老《おきな》は、倚伏《いふく》を秋の草に委《まか》せ、蝶を夢みる翁は、是非《ぜひ》を春の叢《くさむら》に任《まか》す。冥々《めいめい》の理、適《あつ》きこともなく莫《うす》きこともなし。如々《によによ》の義、有《いう》に非《あら》ず空に非ず。

嗟乎《ああ》、文王《ぶんわう》早く没《かく》る、吾何《いづく》にか随《したが》はん。已《や》みぬるかな已みぬるかな、命《めい》の衰へたるなり。吾将《まさ》に亀緒《きしよ》の巌隈《がんわい》に入らんとす。「菟裘」に帰りなん去来《いざわ》。亀緒は、便ち亀山なり。猶《なほ》亀の尾のごとく、これを読むが故に言ふ。

（新日本古典文学大系『本朝文粋』岩波書店による）

慶滋保胤『池亭記』

【西京の荒廃】

予《われ》二十余年以来《このかた》、東西二京《じけい》を歴見《れきけん》するに、西京《せいけい》は人家漸《やうや》く稀《まれ》にして、殆《ほとほと》幽墟に幾《ちか》し。人は去ること有りて来《きた》ることなし、屋《いへ》は壊《やぶ》るること有りて造《つく》ることなし。その移徙《いし》するに処《ところ》なく、賤貧を憚《はばか》ることなき者はこれ居《お》り。あるいは幽隠《いういん》亡命を楽しみ、まさに山に入り田に帰るべき者は去らず。自ら財貨を蓄へ、奔営《ほんえい》に心有るが若《ごと》き者は、一日といへども住むことを得《え》ず。

往年《わうねん》一つの東閣《とうかく》有り。華堂朱戸《くわたうしゆと》、竹樹泉石《ちくじゆせんせき》、誠にこれ像外《しやうぐわい》の勝地《しようち》なり。主人事《こと》有りて左転せられ、屋舎火《ひ》有りて自づから焼けぬ。その門客《もんかく》の近地《きんち》の居《を》る者数十家、相率《あひひき》ゐて去りぬ。その後主人帰《かへ》るといへども、重ねて修《つくろ》はず。子孫多《おほ》しといへども、永《なが》く住まはず。荊棘《けいきよく》門を鎖《とざ》し、狐狸《こり》穴に安《やす》んず。それかくの如《ごと》きは、天の西京《せいけい》を亡ぼすなり、人の罪に非《あら》ざること明らかなり。

【東京の過密化】

東京《とうけい》の四条以《よ》北、乾艮《いぬゐうしとら》の二方《じはう》は、人々貴賤となく、多く群聚《ぐんしゆう》する所なり。高家《かうか》は門を比《なら》べ堂を連《つら》ね、小屋《せうをく》は壁を隔て簷《のき》を接《まじ》ふ。東隣《とうりん》に火災有《あ》れば、西隣は余炎を免《まぬか》れず、南宅に盗賊《たうぞく》有れば、北宅は流矢を避《さ》り難《がた》し。南阮《なんげん》は貧しく、北阮は富《と》めり。富める者はいまだ必ずしも徳《とく》有らず、貧しき者はまたなほ恥《はぢ》有り。また勢家《せいか》に近くして微身《びしん》を容《い》るる者は、屋《いへ》破れたりといへども葺《ふ》くことを得《え》ず、垣《かき》壊れたりといへども築《つ》くことを得ず。楽しみ有れども大きに口を開きて咲《わら》ふこと能《あた》はず、哀しみ有れども高く声を揚げて哭《な》くこと能《あた》はず。進退懼《おそれ》有り、心神安《やす》からず。譬《たと》へばなほ鳥雀《てうじやく》の鷹鸇《ようせん》に近づくがごとし。

何《なん》ぞいはんや転《うたた》門戸を広くして初めて第宅《ていたく》を置くをや。小屋相弁《あひあは》せ、小人相訴《あひうつた》ふる者多し。宛《あたか》も子孫の父母の国を去り、仙官《せんかわん》の人世《じんせい》の塵《ちり》に謫《たく》せらるるが如《ごと》し。その尤《もつと》も甚だしきは、あるいは狭き土を以て一家の愚民を滅ぼすに至る。あるいは東河《とうか》の畔《ほとり》に卜《ぼく》して、若《も》し大水に遇《あ》へば、魚鼈《ぎよべつ》と伍《ともがら》たり、あるいは北野《ほくや》の中に住《じう》して、若《も》し苦旱《こかん》有れば、渇乏《かつばふ》すといへども水なし。かの両京《りやうけい》の中、空閑《くうかん》の地なきか。何《なん》ぞそれ人の強《おぞ》きこと甚《はなは》だしきや。

【郊外地の乱開発】

またそれ河辺《かへん》野外、ただ屋《いへ》を比《なら》べ戸を比べたるのみに非《あら》ず、兼《か》ねてまた田と為《な》し畠《はた》と為す。老圃《らうほ》は永く地を得て以て畝《うね》を開き、老農《らうのう》は便《すなは》ち河を堰《せ》きて以て田に漑《まか》す。比《ひ》年《ねん》水有り、流溢《あふ》れて隄《つつみ》絶えぬ。防河《ばうか》の官《くわん》、昨日はその功《こう》を称され、今日はその破れに任《まか》す。洛陽城の人、殆《ほとほと》魚と為《な》るべきか。

竊《ひそ》かに格文《きやくぶん》を見るに、鴨河《かもがわ》の西は、ただ崇親院《すういんゐん》の田を耕すことのみを免《ゆる》し、自余《じよ》は皆悉《ことごと》く禁断す。水害有《あ》るを以てなり。しかのみならず、東河北野は四郊《しかう》の二つなり。天子の時を迎へたまふ場《には》、遊幸《いうかう》の地なり。人有りて縦《たと》ひ居《を》らんと欲《おも》ひ耕《たがや》さんと欲ふとも、有司《いうし》何ぞ禁ぜず制せざらんや。若《も》し庶人の遊戯を謂《い》はば、夏天納涼の客《かく》、已《すで》に小鮎を漁《すなど》る涯《きし》なく、秋風遊猟《ゆうれふ》の士、また小鷹を臂《ひじ》にする野なし。それ京外《けいがい》は時《よりより》に争ひ住み、京内は日に陵遅《りようち》す。かの坊城《ばうじやう》の南面は、荒蕪《くわうぶ》眇々《べうべう》として、秀麦離々《しうばくりり》たり。膏腴《かうゆ》を去りて墝埆《かうかく》に就《つ》く、これ天の然《しか》らしむるか、はた人の自《みづか》ら狂へるか。

【池亭の確保】

予《われ》本より居処《きよしよ》なく、上東門《じやうとうもん》の人家に寄居《よきよ》す。常に損益を思ひ、永住を要《もと》めず。縦《たと》ひ求むとも得《う》べからず。その価直《かち》二三畝《ばう》千万銭ならんか。

予《われ》六条以北《より》に初めて荒地を卜《ぼく》し、四つの垣《かき》を築きて一つの門を開く。上《かみ》は蕭相国《せうしやうこく》の窮僻《きゆうへき》の地を択《えら》び、下《しも》は仲長統《ちうちゆうとう》の清曠《せいくわう》の居《きよ》を慕《した》ふ。地方都盧《すべて》十有余畝《ばう》。隆《たか》きに就《つ》きては小山を為《つく》り、窪《くぼ》に遇《あ》ひては小池を穿《ほ》る。池の西に小堂を置きて弥陀を安《あん》ず。池の東に小閣を開きて書籍を納《おさ》む。池の北に低屋《ていをく》を起《た》てて妻子を着けり。

凡《およ》そ屋舎《をくしや》は十の四、池水は九の三、菜園は八の二、芹田《きんでん》は七の一なり。その外《ほか》緑松の島、白沙の汀《みぎわ》、紅鯉白鷺、小橋小船、平生《へいぜい》好む所、尽《ことごと》く中に在り。いはんや春は東岸の柳有《あ》り、細煙嫋娜《さいえんでうだ》たり。夏は北戸の竹有《あ》り、清風颯然《さつぜん》たり。秋は西窓の月有《あ》り、以て書を披《ひら》くべし。冬は南簷《なんえん》の日有《あ》り、以て背を炙《あぶ》るべし。

【兼済独善の暮らし】

予行年漸《われかうねんやうや》く五旬《ごじゅん》に垂《なんな》として、適《たまたま》小宅有《あ》り。蝸《かたつぶり》はその舎《いへ》に安んじ、虱《しらみ》はその縫《ぬいめ》に楽しむ。鷃《かやぐき》は小枝に住みて、鄧林《とうりん》の大きなるを望まず、蛙《かへる》は曲井《きょくせい》に在りて、滄海《さうかい》の寛《ひろ》きことを知らず。家主《いへぬし》、職《しょく》は柱下《ちゅうか》に在りといへども、心は山中に住むが如《ごと》し。官爵《くわんしゃく》は運命に任《まか》す、天の工《たくみひと》均し。寿夭《じうえう》は乾坤《けんこん》に付く、丘の禱《いの》ること久し。人の風鵬《ふうほう》たるを楽《ねが》はず、人の霧豹《むへう》たるを楽《ねが》はず、膝を屈し腰を折りて、媚《こび》を王侯将相に求めんことを要《ねが》はず、また言を避《さ》り色を避《さ》りて、蹤《あと》を深山幽谷に刊《きざ》まんことを要《ねが》はず。朝《てう》に在りては身暫《しばら》く王事に随《したが》ひ、家に在りては心永《なが》く仏那《ぶつだ》に帰す。

予《われ》出でては青草の袍《うへのきぬ》有り、位卑《くらゐひく》しといへども職なほ貴し、入りては白紵《はくちょ》の被《ふすま》有り、春よりも暄《あたたか》く雪よりも潔《きよ》し。盥漱《くわんそう》の初、西堂に参り、弥陀を念じ、法華を読む。飯飡《はんさん》の後、東閣に入り、書巻を開き、古賢に逢《あ》ふ。それ漢《かん》の文皇帝は異代《いだい》の主たり、倹約《けんやく》を好みて人民を安んずるを以てなり。唐《とう》の白楽天は異代の師たり、詩句に長じて仏法に帰するを以てなり。晋朝《しんてう》の七賢《しちけん》は異代の友たり、身は朝《てう》に在りて志《こころざし》は隠《いん》に在るを以てなり。予《われ》賢主に遇《あ》ひ、賢師に遇ひ、賢友に遇ふ。一日三遇《さんぐ》有り、一生三楽《さんらく》を為《な》す。

【近代の批判】

近代人《ひと》の世の事、一つとして恋ふべきことなし。人の師たるは、貴きを先にし富めるを先にして、文を以て次《ついで》とせず。師なきに如《し》かず。人の友たるは、勢を以てし利を以てし、淡《たん》を以て交らず。友なきに如《し》かず。予《われ》門を杜《とざ》し戸を閉ぢて、独《ひと》り吟《ぎん》じ独り詠ず。若《も》し余興《よきよう》有れば、児童と小船に乗り、舷《ふなばた》を叩《たた》き棹《さを》を鼓《うごか》す。若《も》し余暇《よか》有れば、僮僕《とうぼく》を呼びて後園に入り、以《あるひ》は糞《こえ》し以は灌《そそ》ぐ。我吾《わ》が宅《いへ》を愛し、その他を知らず。

【自己批判と池亭の放棄】

応和《おうわ》より以来《このかた》、世人好《この》みて豊屋峻宇《ほうをくしゆんう》を起《た》て、殆《ほとほと》節を山にし梲《せつ》に藻《えが》くに至る。その費《つひえ》は巨万千に且《なんなん》とし、その住むこと纔《わずか》に二三年なり。古人云く、「造れる者は居《を》らず」といへり。誠《まこと》なるかなこの言。予暮歯《われぼし》に及びて、小宅を開き起《た》つ。これを身に取り分に量《はか》るに、誠に奢盛《しやせい》なり。上《かみ》は天を畏《おそ》れ、下《しも》は人に愧《は》ず。またなほ行人《かうじん》の旅宿を造り、老蚕《らうさん》の独繭《どくけん》を成《な》すがごとし。その住《す》まふこと幾時《いくとき》ぞ。

ああ、聖賢の家を造る、民を費《つひ》やさず、鬼を労《らう》せず。仁義を以て棟梁《とうりやう》と為《な》し、礼法を以て柱礎《ちゆうそ》と為《な》し、道徳を以て門戸と為し、慈愛を以て垣墻《ゑんしやう》と為し、好倹を以て家事《かし》と為し、積善を以て家資《かし》と為す。その中に居《を》る者は、火も焼くこと能《あた》はず、風も倒すこと能《あた》はず、妖《あやかし》も呈《あらは》るることを得ず、災《わざはひ》も来《きた》ることを得ず、鬼神も窺《うかが》ふべからず、盗賊も犯《をか》すべからず。その家自《おの》づから富み、その主《あるじ》これ寿《いのちなが》し。官位永《なが》く保ち、子孫相承《あひう》く。慎《つつし》まざるべけんや。

天元《てんげん》五載孟冬《さいまうとう》十月、家主保胤《やすたね》、自《みずか》ら作り自ら書けり。

（新日本古典文学大系『本朝文粋』岩波書店による）

参照文献一覧（ただし本文のなかで言及したものに限った）

藍美喜子「紫式部と六条の宮・具平親王――史実と虚構の間」（『甲子園短期大学紀要』一六号、一九九七）
浅尾広良「中務宮と明石物語――「松風」巻の表現構造」（浅尾『源氏物語の準拠と系譜』翰林書房、二〇〇四）
アリストテレス『アリストテレス詩学／ホラーテウス詩論』（岩波文庫、一九九七）
アリストテレス『アリストテレス弁論術』（岩波文庫、一九九二）
池浩三『源氏物語――その住まいの世界』（中央公論美術出版、一九八九）
上原作和『光源氏物語學藝史――右書左琴の思想』（翰林書房、二〇〇六）
エーリッヒ・アウエルバッハ『ミメーシス』（ちくま学芸文庫、一九九四）
クリストファー・アレクザンダー『形の合成に関するノート／都市はツリーではない』（鹿島出版会、二〇一三）
越野優子『国冬本源氏物語論』（武蔵野書院、二〇一六）
古代学協会・古代学研究所編『平安京提要』（角川書店、一九九四）

鈴木博之『東京の地霊』（ちくま学芸文庫、二〇〇九）
高橋亨『物語文芸の表現史』（名古屋大学出版会、一九八七）
徳満澄雄「紫式部は鷹司倫子の女房であったか」（『国文研究』、一九九六）
中西智子「『源氏物語』における歌語の重層性――玉鬘の「根」の官能性」（『文学・語学』一八八号、二〇〇七）
西本香子『古代日本の王権と音楽――古代祭祀の琴から源氏物語の琴へ』（高志書院、二〇一八）
ハイデッガー『ハイデッガー・カッセル講演』（平凡社ライブラリー、二〇〇六）
萩谷朴『紫式部日記全注釈』（角川書店、一九七三）
原瑠璃彦『州浜論』（作品社、二〇二三）
福沢諭吉『文明論之概略』（岩波文庫、一九九五）
藤井貞和『源氏物語論』（岩波書店、二〇〇〇）
保立道久『平安王朝』（岩波新書、一九九六）
前田惟義『紫式部日記古注集成』（おうふう、一九九一）
益田勝実『火山列島の思想』（講談社学芸文庫、二〇一五）
山田尚子「白居易の「吏隠」・「中隠」と慶滋保胤「池亭記」」

大和和紀『あさきゆめみし』（講談社コミックス、一九九三）（『藝文研究』百十七号、二〇一九）
山本理顕『権力の空間／空間の権力――国家と個人の〈あいだ〉を設計せよ』（講談社、二〇一五）
湯浅幸代「『源氏物語』に見る太上天皇の算賀――王権の世代交代と准太上天皇・光源氏」（湯浅『源氏物語の史的意識と方法』新典社、二〇一八）

掲載図版出典一覧

口絵カラー図版「京菓子 すはま（州浜台をかたどる）」
（CREA WEB　撮影そおだよおこ　より転載）

図版1「六条院邸宅推定配置図」
（池浩三『源氏物語――その住まいの世界』中央公論美術出版より転載）

図版2「源氏物語「年立て（少女〜）」表」（玉上琢弥『源氏物語』角川文庫より一部抜粋）

図版3「白楽天「履道里」邸宅位置」（河合康三『白楽天詩選』岩波文庫より転載）

図版4「源氏物語関係系図（薫誕生以前）」（出典なし）

図版5　山田邦和氏作図・提供

図版6「河原院周辺ジオラマ（賀茂川の流路が大きく西側に食い込んでいる）」（京都歴史博物館所蔵の平安京のジオラマの一部を写真撮影）

図版7「土御門殿推定図」
（池浩三『源氏物語――その住まいの世界』中央公論美術出版より転載）

図版8―1「州浜台（菊慈童）」『當流節用料理大全』（大阪公立大学中百舌鳥図書館所蔵）

出典：国書データベース，https://doi.org/10.20730/100097776より転載

図版8−2「京菓子 すはま（水辺の葺石をかたどる）」（京菓子司 金谷正廣　商品名「すはま」）

図版9「『拾芥抄』による池亭の推定立地」（『拾芥抄』付図）

図版10−1「四条河原にひしめく芝居小屋」
（岩佐又兵衛　洛中風俗図屏風 右隻第5、6扇　東京国立博物館 Image: TNM Image Archives）

図版10−2「四条河原に建つ能舞台（演目は熊坂か）」
（岩佐又兵衛　洛中風俗図屏風−右隻第6扇　東京国立博物館 Image: TNM Image Archives）

図版11「富士の巻狩り陣屋配置図」（東洋文庫『真名本曽我物語』より転載）

図版12「明治22年 2万分の1仮製地形図「愛宕山」「京都」」
（『明治前期関西地誌図集成』柏書房より一部転載）

図版13「源氏物語関係系図（薫誕生以後）」（出典なし）

図版14「『本朝皇胤紹運録』（醍醐天皇子女）」（大和文華館蔵）

図版15「皇族関係系図（嵯峨隠君子の影）」（出典なし）

図版16「伝狩野孝信筆『酒呑童子絵巻』」（東京国立博物館蔵　Image: TNM Image Archives）

あとがき（エピローグ）

――若者向けの「恋愛」遊戯から、大人向けの「老い」のテーマ系へ――

本書は、先に神奈川大学人文学研究叢書の一冊として刊行した『新・新猿楽記《さるがくき》――古代都市平安京の都市表象史』（現代思潮新社、二〇一八）の内容とペアとなって、その「続編」というか、「姉妹編」の位置づけにある。

前書に引き続き本書でも、都市を大きな「住まい」ととらえ、その観点から古代都市平安京のありようを、歴史学の観点からではなく、あくまでも「文学」のうちに描《えが》きだされた都市イメージを通じて跡づけることに、ねらいを定めた。

ただし本書の場合、題材を源氏物語に限ったため、古代都市平安京の広域的な広がりについては、あまり触れることができなかった。それについては、前著『新・新猿楽記』においてかなりの紙数をさいて述べているので、本書とあわせ、お読みいただければ幸いである。

ここでひとこと、「文学」の資料的価値について申し述べておきたい。

「歴史の科学」を標榜する歴史学は、考古資料などの客観データにもとづいて、実証的に古代都市平安京の実相にせまろうとする。したがって、そこでの文学のあつかいは、表現者の主観が強く働くため（たとえば作り物語のようなフィクションの場合は特に）資料的価値が低いとされ、二次的あつかいしかされない。

しかし客観データにのみ依拠するのでは、後世の立場からする、外側からの視点にとどまって、その空間のただなかに実際に身をおいて、そこでの暮らしを営んだ当時の人々の実感からは、ほど遠いものとなってしまう。

それに対し文学は、フィクションのそれをも含めて、古代都市平安京のうちに「住まい」を定め、いま、ここで、日々の暮らしを営んできた人びとの、その生活者としての、内側からの視点で書かれ、享受される。

その置かれた社会的立場によって、たとえば筆者が男であるか、それとも女であるか、貴族層出身であるか、庶民であるかによって、さらには漢文体で書かれるか、かな文体で書かれるのか、その違いによって、ものごとの見方や価値判断の基準は大きく違ってくるだろう。

王朝物語であるか、説話集であるか、さらには仏教的な隠者文学（たとえば鴨長明の『方丈記』など）であるかといった、そのジャンルによる違いもずいぶんと大きい。文学では、思想的、心情的に、さまざまなバイアスのかかっていることは確かなのだ。

だがそれらの違いを乗りこえて、当時の人びとの都市生活の実相にせまるのに、格好の題材を提供してくれるのは、やはり文学をおいてほかにない。そうした観点に立てば、源氏物語も含め、平安朝文学のあれこれは、すべて「都市の文学」といって過言ではない。

と言いつつ、今般、源氏物語で一書をまとめるにあたっては、いささかのためらいがなくもなかった。本書を読んで、たまたま手に入ったあり合わせの材料を、適当に継ぎはぎしてこしらえあげた（つまりはでっちあげた？）素人仕事（たとえばレヴィ＝ストロースのいうブリコラージュみたような）との印象を持たれた読者も多いことと思う。その印象は、まさしく正しい。

いままで書いてきた数多くの文章のなかで、ときおり源氏物語について触れることはあった。また断片的にではあるが、源氏物語を主題とした文章も、いくつかは書いている。それらを今回、一般の読者向けに、わかり易く書きなおし（実際わかり易い文章となっているかどうかは読者の判断に俟《ま》つしかないが）、一書にまとめることとした。だからといって筆者（深沢）は、源氏物語の専門家（何をもって専門家とするのか、その定義は問わないとして）とは、到底言えない。

つまり、こと源氏物語に関していえは、ずぶの素人なのである。

これについては、いままで源氏物語を敬して遠ざけてきた、個人的な事情が背景にある。理由は簡単で、物語の大半を占める、和歌文芸を介した登場人物たち相互の恋のかけひきや、それに付随してたちあらわれる、男女の微妙な心理のあやなどに関しては、それほどの興味関心をおぼえなかったからである。加えて、上流貴族たちが群れつどう、天皇中心のみやびな宮廷社会の動向など、まったくもって魅力を感じなかったからでもある。

研究の主要テーマが、いまだそこに留まるのならなおのこと、源氏物語の研究者は圧倒的に女性が多く、また大和和紀の古典的名著『あさきゆめみし』（一九九三完結）に見てとれるように、その読者も、若い女性が大半を占めている。そうした社会的、文化的な周辺環境に取りまかれるなか、源氏物語については、自分は所詮「縁なき衆生《しゅじょう》」であるとの思いを、常々抱いてきた。

というよりか、むしろそうした享受のありかたへの違和感を表明すべく、司馬遼太郎の歴史エッセイ「この国のかたち」のタイトルにあやかって、『「この国のかたち」を求めて――リベラル・主権・言語――』（武蔵野書院、二〇二二）と題した、自分なりの天皇制（＝國體）批判を試みたこともあった。

源氏物語に対するそうした否定的な意識が、大きく変化したのは、「忌《い》まわしき〈嵯峨〉のトポス——『源氏物語』の作者紫式部にみる、ひそやかな反逆」と題して、明石の御方の出自とのかかわりで、兼明親王に関する文章（桜井宏徳他編『藤原彰子の文化圏とその文学世界』〈二〇一八、武蔵野書院〉に収載）を書いたことが、きっかけであった。

その内容については、本文のなかに全面的に取り込んで、すでに述べたところなので、そちらに譲るとして、還暦も過ぎ、そろそろ「老い」を感じ始めていた六十四歳のころ、その自分の年齢を多分に意識して、そのとき私は、その文章を書いたのである。

それというのも、臣籍の「源氏」の立場から、皇族復帰して「親王」の地位へと戻され、中務卿の閑職へとおいやられた（それは親王本人にとって社会的な死亡宣告にも等しい出来事であったろう）ことに憤慨し、兼明親王が『菟裘賦』を書いたのが、まさしく六十四歳のときであったからなのだ。

言葉の言遂行的《パフォーマティブ》な機能を存分に活かし、『菟裘賦』で親王は、後世の人びとへ向け、積極果敢に呼びかける。「後代の俗士《しょくし》、必ず我を罪するに宿志《しゅくし》を遂《と》げざるを以《もち》てせん」、「後来の君子、若《も》し吾《われ》を知る者あらば、これを隠《かく》すなけん」と。それはまさしく、みずからの想いを未来へと託した、親王の「遺書」でもあったろう。

「老い」の先に、やがて訪れるであろうみずからの「死」を目前にひかえ、京のミヤコの西北郊、乾の方角の、周易でいえば「天の方位」に位置する嵯峨の地に隠れ棲み、そこからはるかに遠く、ミヤコの空間的広がりを見わたすとき、「末期《まつご》の眼」ともいうべきその親王のまなざしに、源氏物語の世界は、どのようなものとして映じてくるのか。

「問い」は、そこから始まった。

地域を問わず、その出身階層をも問うことなく、「老い」は誰しもに訪れる、逃れられぬ現実である。その普遍的なテーマを、ただでさえ長い「若菜」の巻（全五十四帖のうちの三十四番目にあたる）を、さらに上巻と下巻とに分けて、源氏物語は丹念に描《えが》きこむ。そのことの発見を通して、いままで自分とは無縁の世界と思われていた源氏物語が、がぜん身近なものに思えてきた。そして、おもしろく読めてきた。

副題を「源氏物語を織り返す」としたのも、実のところ、そうした意味合いを籠めてのことであった。

そのようにして、源氏物語に向き合う自分なりの「支点（＝視点）」を得たことで、今まで敬して遠ざけてきた、源氏物語というこの作品を、あらためて読みなおしてみたいと思うようにもなったのである。

「我に支点（＝梃子《てこ》）を与えよ、さすれば地球をも動かしてみせん」（アルキメデス）というわけだ。

なお、「死」へと向かう意識に関連づけて、「末期の眼」という言葉を先には用いた。その出どころは、芥川龍之介が自殺した際、「遺書」として書き残した『或《ある》旧友へ送る手記《しゅき》』という文章である。「末期の眼」という印象的な言葉は、その文章のなかで次のように使われている。

> 君は自然の美しいのを愛し、しかも自殺しやうとする僕の矛盾を笑ふであらう。けれども自然が美しいのは僕の末期の眼に映るからである。僕は他人よりも見、愛し、且《かつ》又《また》理解した。それだけは苦しみを重ねた中にも多少僕には満足である。（傍点引用者）

芥川が自殺したのは、「老い」の意識にはまだほど遠い、三十五歳のときであった。とはいえ、現象学から出発したハイデッガーは、私たちの存在のありようを、身体《からだ》を介してこの世界のうちに「住まう」ことに見てとり、空間の比喩でもって、それをとらえかえそうとした。そうであるなら、「老い」を意識し、やがて「死」へと向かう過程は、おのれの存在の基盤ともいうべき身体《からだ》が次第とおとろえ、最終的には消滅（火葬によって！）へと向かうことで、社会のなかでの居場所を、決定的に失っていくことに等しい。

この世界のうちに、もはや自分の身《み》を置くべき場所が、見いだせないとしたらどうか。この世界のうちの、なにげない日々の日常の光景が、現世的な利害得失を離れ、手垢にまみれた既存の意味づけの一切を剥ぎとられて、それこそもの自体としての〈素《す》〉のかたちで、あらためて美しくも、いとおしくも見えてくるのではあるまいか。

ひるがえってあたりを見渡せば、みずからの「住まう」べき、その居場所を、この世界のうちに探しあぐねている人たちが、数多くいることに気づかされる。

犯罪報道などでたびたび眼にし、耳にする、あの「住所不定無職」という決まり文句の、なんとも無慈悲な、否定的ニュアンスはどうか。欧米先進諸国の国境地帯へと、命の危険を冒してまで押し寄せてくる「難民」の群れに、安住の地は、はたして約束されるのだろうか。さらには戦闘地域で家を焼かれ、祖国を追われて、あるいは政治的理由で「亡命」を強いられて、世界各地へと散っていった人びとの、その行く末も気にかかる。

「末期の眼」を通して見たとき、みずからの「住まい」を得られず、この世界のうちをさまよい続ける故郷喪失者《ディアスポラ》たちの、なんと多いことか。それと源氏物語の内容がどう関連するのか。あるいはそれと、どのように関係づけられるのか。その「問い」に応えていける だけの間口の広さを、この源氏物語という作品は、存分に備えているとの強い思いから、本書は書かれた。

古典の古典たるゆえんも、まさにそこにこそ、あるはずなのだからして。

＊　＊

最後に補足的な注記を二、三。源氏物語の本文は、主として小学館の「日本古典文学全集」に拠った。しかしそれに付随して、現代語訳を併記することはしなかった。引用本文に注記的な語句をカッコで括《くく》ってまじえ、割り込ませることで、現代語訳によることなく、なるたけ「原文」に接しながら、その意味を読みとれるよう配慮した。いささか煩瑣に過ぎたかもしれない。しかし源氏物語の「原文」に、じかに接する機会を多く設けようとの意図からであった。その試みがはたして成功したかどうか、それは読者各位の判断におまかせするしかない。

また今回、あらたに書き下ろしたとはいえ、その内容や表現が、当然のことではあるが既発表の文章と重なる部分のあることを、おことわりしておく。一般の読者向けということで、本文中に細かく注を設けることもしなかった。巻末に掲載される索引も、これを省いた。先行研究への言及も最小限にとどめ、本文のなかで触れたもの以外は、参照文献として挙げていない。それゆえ礼を失した面も、多々あるやも知れぬ。伏してご寛恕を願いたい。

四六判簡易装の同じ体裁を採ることで、誰しもが気軽に手にすることのできるよう、先の三部作に引き続き、今回も武蔵野書院さんに出版をお願いした。とはいえ、一般の読者向けということもあって、さらに数多くの図版の挿入をお願いすることとなった。それら図版類の掲載許可を得るため、編集担当の本橋典丈さんには、ずいぶんとご足労いただいた。この場をかりて感謝申し上げたい。

二〇二四年九月末日

メガロポリス東京の、その坤《ひつじさる》（西南）の方角に位置する郊外地にて。

著者紹介

深沢　徹（ふかざわ・とおる）

1953年生まれ。神奈川県立大和高校卒　神奈川大学名誉教授

著書・編著

『中世神話の煉丹術―大江匡房とその時代』（人文書院、1994年）
『自己言及テキストの系譜学―平安文学をめぐる7つの断章』（森話社、2002年）
『兵法秘術一巻書 簠簋内伝金烏玉兎集 職人由来書』（編著、現代思潮新社、2004年）
『『愚管抄』の〈ウソ〉と〈マコト〉―歴史語りの自己言及性を超え出て』（森話社、2006年）
『新・新猿楽記―古代都市平安京の都市表象史』（現代思潮新社、2018年）
『日本古典文学は、如何にして〈古典〉たりうるか？
　―リベラル・アーツの可能性に向けて―』（武蔵野書院、2021年）
『「この国のかたち」を求めて―リベラル・主権・言語―』（武蔵野書院、2022年）
『演能空間の詩学―〈名〉を得ること、もしくは「演技する身体」のパフォーマティブ―』
（武蔵野書院、2023年）など。

六条院――源氏物語を織り返す――

2024年12月5日 初版第1刷発行

著　　者：深沢　徹

発 行 者：前田智彦

発 行 所：武蔵野書院

〒101-0054
東京都千代田区神田錦町3-11 電話 03-3291-4859　FAX 03-3291-4839

装　　幀：武蔵野書院装幀室

印刷製本：三美印刷㈱

ISBN 978-4-8386-1019-8　Printed in Japan